여 름 밤 의 꿈 , 그 리 고

아 름 다 운
사 랑 의   이 야 기

여름밤의 꿈, 그리고

아름다운 사랑의 이야기

1쇄 인쇄 2018년 7월 23일 **1쇄 발행** 2018년 7월 30일

지은이 이상학
펴낸곳 글라이더 **펴낸이** 박정화
등록 2012년 3월 28일 (제2012-000066호)
주소 경기도 고양시 덕양구 화중로 130번길 14(아성프라자 6층 601호)
전화 070)4685-5799 **팩스** 0303)0949-5799 **전자우편** gliderbooks@hanmail.net
블로그 http://gliderbook.blog.me/
ISBN 979-11-86510-63-6 03800

이 도서의 국립중앙도서관 출판예정도서목록(CIP)은 서지정보유통지원시스템
홈페이지(http://seoji.nl.go.kr)와 국가자료공동목록시스템(http://www.nl.go.kr/
kolisnet)에서 이용하실 수 있습니다.(CIP제어번호: CIP2018022649)

여름밤의 꿈, 그리고

아름다운
사랑의 이야기

이상학 지음

글라이더

|차례|

I
부암동, 서촌 이야기

여름밤의 꿈

　7월 한낮, 광화문 광장은 열기로 이글거린다. 장마철이지만 마른 장마라서 비는 많이 내리지 않는 날씨이다. 천진한 아이들은 분수에서 뛰어 놀며 더위를 즐긴다. 그렇지만 더위는 사람을 지치게 한다. 그나마 다행인 것이 뜨겁게 몰아치는 더위도 밤에는 어느 정도 가라앉는다.

　그는 광화문 광장이 내려다보이는 사무실에서 서류를 정리하며 퇴근 시간을 저울질한다. 그러다가 이내 결심하고는 서류 정리를 대충 마무리하고 버스정류장으로 향한다. 문득 광화문 광장에서 누군가가 자신을 부르는 것 같은 느낌에 그는 광장으로 발길을 돌린다.

　그는 조용한 광장 북쪽 잔디밭을 걸으며 생각한다. '밤이 되니 그나마 조금 한산하구나. 북쪽 잔디밭 부근은 그런대로 여름밤 정취를 느낄 만하네.' 문득 꽃들이 가깝게 보이기 시작한다. 꽃들은 화사하고 아름다운 자태를 어두움 속에 감추고 있다.

그래도 고귀한 아름다움이 어디 가랴. 사람들이 카메라 플래시를 터뜨릴 때마다 이내 화사한 자태들이 드러난다. 꽃들의 단잠을 깨우는 사람들의 만행에 대해 꽃들에게 미안하다는 생각이 들면서도 한편으로는 그도 꽃들에게 더 다가가고 싶어진다.

눈으로 보는 아름다움만으로도 넘치지만 그는 욕심을 조금 더 내어 손끝을 살포시 꽃잎에 대어 그 부드러움을 느껴본다. 선선하고 부드러운 감촉을 느끼며 손끝의 촉감을 오래 기억하고 싶어진다. 그래서 그는 손끝에 남아있는 촉감을 손수건에 옮겨 담는다.

광장 산책을 마친 그는 버스를 타고 부암동 집으로 향한다. 버스에서 내려 집으로 오르는 길에 친숙한 카페를 그냥 지나치지 못하고 들른다. 더위를 식힌다는 명목으로 맥주 한 병을 주문한다. 늘 하이네켄을 주문했지만 오늘은 버드와이저가 끌리는 듯 버드와이저를 주문한다.

이때 한 무리의 젊은 아가씨들이 카페로 들어온다. 카페 주인은 부지런히 자리를 정리하여 손님들이 모두 앉을 수 있게 해 준다. 그런데 모두가 일행은 아닌 듯, 혼자 온 아가씨도 있다. 테이블이 부족하니 주인이 그에게 눈빛으로 양해를 구한다. 그는 '어차피 맥주 한 병만 더 마시고 일어날 거니까'라고 생각하며 동석을 허락한다. 아가씨는 가볍게 눈인사를 하고 건너편 자리에 앉아 버드와이저를 시킨다.

그에게 아가씨는 왠지 친숙한 얼굴이며 분위기이다. 아가씨와 그는 주문한 맥주를 마시며 몇 마디 대화를 나눈다. 그리고 얼마 후에 각자 자리에서 일어나며 작별 인사를 가볍게 나눈다. 그가 나서는데 아가씨가 하는 말. "이 다음에 또 만나요. 오랜만에 만났는데, 앞으론 좀 더 자주 보았으면 해요." 그가 의아해하며 묻기를, "우리가 오늘 말고 언제 만난 적 있나요?" 그러자 아가씨가 하는 말, "방금 전에도 만났잖아요? 불러내서 나온 건데?" 그리고는 아가씨가 말하기를, 자기는 꽃의 정령인데 아까 그가 손끝으로 꽃잎을 만져 잠에서 깨어났다고 한다.

그는 아가씨에게 청하여 다시 자리에 앉아 맥주 한잔 더하며 몇 마디 대화를 더 나눈다. 아가씨가 말하기를, 자기와 그는 아주 오래 전에도 만났었다고 한다. 그때는 조선시대, 그는 무수리였고 아가씨는 궁의 하급 관리였었다고 한다. 서로 눈인사만 하는 사이였는데 이후 이런저런 윤회의 과정을 거쳐 그는 사람으로, 자기는 꽃으로 태어난 거라고 한다. 그런데 자기는 꽃이 좋아 다음에도 꽃으로 태어나고 싶다나……. 그는 아가씨가 웃자고 하는 이야기로 생각하는데 아가씨가 물건 하나를 건네준다. 앗, 그것은 그의 손수건! 그랬구나. 꽃의 정령이라는 아가씨는 그가 광화문 광장에서 흘린 손수건을 주워 온 것이다. 어쩌면 아가씨 이야기가 사실일지도 모르겠다고 그는 생각한다.

언젠가 다시 스치듯 만날 것을 기대하며 마음속으로 그 아가씨와의 다음 만남까지의 작별인사를 한다. '꽃의 정령이여, 그대도 편히 쉬도록 하시라. 저녁 안식을 방해해서 미안하고, 내 잠을 조금 덜어주고 싶구나. 우리는 언제 다시 만날 수 있을까?'

눈부신 미소

I

부암동은 그의 직장에서 버스 몇 정거장 정도의 가까운 거리에 있다. 그렇지만 그에게 부암동은 출퇴근할 때 지나치는 동네일 뿐 관심의 대상은 아니었다. 그런데 우연한 기회에 지인의 소개로 부암동 언덕배기에 있는 미술관을 관람한 후에는 그 동네가 그의 마음속 깊이 들어 왔다. 경사가 급한 언덕배기에 자리한 동네이긴 하지만 골목길의 오래되고 고즈넉한 분위기에 그의 마음이 끌린 것이다. 그는 시간 되는대로 틈틈이 동네 곳곳을 돌아보았고, 인왕산 자락에 있는 와당박물관도 그렇게 해서 우연히 알게 되었다.

그는 원래 박물관이나 유물 등에 큰 관심이 없었다. 그래서 그의 관심은 처음에는 박물관의 정원에 쏠렸다. 제법 널찍하고 철따라 예쁜 꽃이 피는 박물관 정원의 아늑한 분위기를 그는 좋아했다. 그러다가 그도 기와에 점차 관심을 가지게 되었다. 그에게 기와는 가장 자연스러운 유물로 보였다. 흙과 물과 불의 조화로 아름다운 기와가 만들어진다는 것이 신기하게 느껴졌다. 기와는 찬바람과 비와 눈에 맞서서 가족을 지키는 최전선의 전사라는 조금 감성적인 생각도 갖게 되었다. 그는 와당박물관을 주위 사람들에게 열심히 알렸다.

그날은 와당박물관에서 중국 제나라 와당의 전시회를 하고 있었다. 그는 일행들과 전시를 본 후 일행보다 조금 먼저 박물관 정원으로 나왔다. 10월의 눈부신 햇살이 박물관 마당을 가득 채우고 있었다. 햇살이 눈부셨기에 그는 반쯤 눈을 감으며 하늘의 구름을 올려 보았다.

마침 그 때 그와 같이 온 일행들이 마당으로 나오고 있었다. 일행 중 누군가가 그를 보고 왜 눈을 감았느냐고 말을 걸었다. 그 말을 듣는 순간 그의 마음속에는 햇살이 눈부셔서 눈을 반쯤 감으며 미소를 짓는 여인이 떠올랐다. 그리고 그 여인을 사랑한 남자의 사연에까지 상상의 나래가 순식간에 펼쳐졌다. 짧은 순간의 상상 속에서 그는 천년을 훌쩍 넘는 과거로 돌아가서 그 여인을 사랑한 남자가 되었다.

II

어머니와 나는 서라벌에서 조금 떨어진 동네 구석의 허름한 토막(土幕)에서 살았다. 남의 땅을 빌려 농사짓는 소작(小作)은 감히 엄두도 못 내고 동네의 허드렛일을 도맡아 하며 살았다. 손이 닳도록 일을 하고 보리쌀이나 좁쌀 한 두 됫박을 받아 와서는 시래기나 말린 풀뿌리를 넣어 죽을 쑤어 먹었다. 죽이라도 먹을 수 있는 날은 괜찮은 날이었다. 그렇지 못한 날이 더 많았으니까…….

봄에서 여름으로 넘어가는 때가 가장 힘들었다. 그때는 소나무 잎을 씹으며 허기를 달랬다. 여름에는 그런대로 살 만 했다. 먹을 수 있는 풀이 지천으로 널려 있었고, 또 춥지도 않아서였다. 추수가 끝나면 들판을 돌며 떨어진 나락을 주웠다. 주운 나락의 절반은 땅주인에게 바치고 절반이 우리의 몫이었다. 겨울에는 토막 속에서 오들오들 떨며 추위를 온 몸으로 견뎌 냈다.

겨우 이어지는 삶이었지만, 불행하다고 생각지는 않았던 것 같다. 그런 고생을 해야만 다음 생에서 그만큼 고생을 덜하게 될 거라고 생각했기 때문이었을까? 사실은 하루하루의 삶이 너무도 고달파서 다른 생각을 할 틈이 없었다.

동네 가운데 집에 사는 부호에게 아리따운 따님이 있었다. 아름답고, 은은한 기품이 있는 아가씨였다. 그 아가씨를 보면 자꾸 눈이 가고, 몰래 훔쳐보게 되었다. 감히 앞에서 보지는 못하고, 아가씨가 지나갈 때면 옆으로 길을 비키며 옆얼굴을 슬쩍 훔쳐 보았다.

동네 근처에 절이 들어서게 되었다. 나는 지붕에 얹을 기와를 굽는데서 보조 일을 맡았다. 품삯이 꽤 후했기에 나는 기꺼운 마음으로 열심히 일을 했다. 그러면서 무리를 했던 탓인지 으슬으슬 추워지며 여름인데도 추위를 느꼈다. 가슴이 갑갑하고 잔기침을 하게 되었고, 결국 기침 끝에 피도 나왔다. 나는 화들짝 놀랐다. 누가 볼세라 땅바닥의 핏자국을 얼른 지웠다. 기왓장 굽는 일터에서 쫓겨날까 두려워서였다.

나는 사람들을 피해 다니며 그날그날을 지냈다. 그래도 어머니의 눈을 피하기는 어려웠다. 어느 날인가 잠에서 깨어보니 구석에서 어머니가 쪼그리고 앉아 울고 계셨다. 달빛이 비친 어깨가 흔들리는 걸 느낄 수 있었다. 그날 이후에 나는 어머니한테 싸우듯 우겨서 내 빨래는 내가 하겠다고 하였다.

절을 짓는 공사는 마지막 공정을 재촉했다. 기와 굽는 일도 거의 막바지에 들어섰다. 대웅전에 올릴 암키와와 수키와는 다 구웠고 이제 막새기와만 구우면 되었다. 나는 제법 익숙한 솜씨로 기와 찍는

틀에 반죽을 우겨 넣어서 막새기와를 찍어 냈다. 당(唐)나라에서 들여 온 막새기와 틀에는 우아한 연꽃이 새겨져 있었다.

막새기와를 찍어 내며, 내 삶이 얼마 남지 않았다는 것을 아픈 가슴으로 느꼈다. 가슴은 더 답답해졌고 기침 때마다 피 섞인 가래가 나왔다. 내 삶이 얼마 남지 않았단 걸 의식해서였을까? 그녀의 모습을 기와에 새겨 보고 싶은 마음이 불현듯 솟아났다. 감히 가까이 가 보지 못한 그녀의 얼굴이 떠올랐다.

틀에서 꺼내어 든 마지막 막새기와에서 나는 연꽃무늬를 지우고, 그곳에 그녀의 얼굴을 새겨 넣었다. 생각나는 대로 그녀의 눈과 볼을 새겼다. 입술은 은은한 미소를 띠게 새겨 넣었다. 그리고는 잘 마른 막새기와들을 가마에 차곡차곡 쌓은 후에 불을 지폈다. 따스한 불기운을 느끼며 쉬고 싶다는 생각이 들었다. 숨결도 점차 약해져 가는 걸 느꼈다. 그리고 나는 새털같이 가벼워졌다. 거기까지가 내 삶이었을 것이다. 아득한 어지러움 속에 나는 내 삶의 끈을 놓았다.

어머니는 크게 슬퍼하지는 않으시는 듯 했다. 아마도 슬픔을 안으로 삭이셨을 것이다. 돈이 될 만한 가재도구 몇 점을 팔아 그 돈으로 자작나무 장작을 사신 모양이다. 조그맣고 볼품없는 내 몸은 자작나무 위에 가지런히 놓여졌다. 나는 구천으로 오르면서 이를 모두

보고 있었다. 자작나무의 불길은 조용히 타올라 내 몸을 천천히 태웠다. 그러면서 내 마음속의 걱정, 근심, 분노 등도 같이 서서히 사그러 들었다. 가벼워진 나는 연기를 타고 더 높이 올라갔다. 그리고는 마침내 미타찰로 들어갔다.

그러면서 멀리 아래 건축현장에서 스님들이 나누는 대화도 모두들을 수 있었다. "감히 사람의 얼굴을 새겨 넣다니" 하고 화를 내면서, 건축책임을 맡은 스님이 그 막새기와를 던져서 깨 버리려 하였다. 그때 주지 스님이 말리지 않았다면 그 막새기와는 그냥 박살나 버렸을 것이다. 주지 스님은 책임자 스님을 말리면서, 건축비가 동이 났으니 쓸 수 있는 기와는 그냥 쓰자고 부드럽게 말씀하셨다. 책임자 스님도 마지못해 그 막새기와를 그냥 쓰기로 하셨다. 다만 대웅전에는 올리지 않고 요사채 뒷켠의 눈에 안 띄는 곳에 올리기로 하셨다.

한동안 스님과 신도들로 북적이던 절은 서라벌이 난리를 겪으면서 쇠락해갔다. 스님들은 뿔뿔이 흩어졌고, 돌보는 이가 모두 떠난 절은 결국 무너져 내렸다. 동네 사람들이 무너진 절에서 목재들을 추려 가지고 갔고 쓸 만한 기와들도 챙겨갔다. 그 와중에 그녀의 얼굴이 새겨진 막새기와는 땅에 떨어지면서 조금 깨졌고, 몇 번을 굴러서 수챗구멍 속에 빠지고 말았다. 낙엽과 진흙에 덮인 채로, 막새기와 속의 그녀는 오랫동안 깊게 잠들었다.

그렇게 길고 깊은 잠에서 깨어나 맑은 공기를 마시며 그녀는 미소를 지었다. 그렇지만 천년을 훌쩍 넘어서 보는 햇빛이 너무 눈부셨기에, 그녀는 눈을 반쯤 감았다.

두 나무 이야기

그는 퇴근길에 자주 서촌에 들렀다. 직장 동료들과 퇴근길에 서촌의 주점에 들러서 세상 돌아가는 일이나 소소한 갈등들을 안주삼아 맥주잔을 기울였다. 그런데 그가 서촌에서 들르는 집은 한정되어 있었다. TV의 맛집 소개에 나온 서촌의 몇몇 집은 언제나 차례 기다리는 손님 줄이 길게 늘어서 있기에 줄서기를 싫어하는 그로서는 선택불가능한 집들이었다.

그가 자주 가는 집들은 아무래도 그의 나이가 나이인 만큼 파전집, 국수집, 삼겹살 집이나 기껏해야 해물탕 집 정도였다. 그가 특히 자주 들르는 집은 체부동 교회 건너편의 허름한 건물에 자리 잡은 다래국수집이었다. 그리 넓지 않은 가게의 내부 장식은 그저 그런 편이었고 벽에는 치기와 취기어린 손님들의 낙서가 가득했다. 그래도 그런 모습이 오히려 손님들에게 자연스런 매력으로 다가가는 집이었다.

아마도 그도 그런 점에 끌려서 그 집을 자주 찾게 되었을 것이다. 그 집 간판은 국수와 파전을 주 메뉴로 소개하고 있지만 홍어부터 꼬막까지 철따라 다양한 해물과 전 종류를 안주로 내는 집이었다. 그는 그 집에서 으레 맥주와 두부안주를 주문했다. 두부와 맥주의 부조화의 조합을 그는 좋아했다.

어느 날 맥주를 좀 과하게 마신 그는 집에 가는 길에 전철역 의자에 앉아 잠시 졸기 시작했다. 그는 이내 잠에 빠져들었고 꿈도 꾸었다. 꿈속에서 그는 수성동 계곡이 나무와 풀로 가득하고 사람들은 아직 계곡에 나타나기 전으로 시간을 거슬러 올라갔다.

그가 꿈에서 본 수성동 계곡 중턱에는 제법 큰 바위들이 그럴싸한 모습으로 펼쳐져 있었고 맑은 물이 바위틈으로 흘렀다. 계곡물이 흐르는 바위 틈새에서 위를 바라보면 바위절벽이 양쪽으로 펼쳐진 사이로 높은 하늘이 보였다. 바위들 부근에는 다래나무 넝쿨들이 무성하게 자라고 있었다.

꿈속에서 어느 틈엔가 그도 다래넝쿨로 태어나서 주위의 다래나무들과 어울려 살고 있었다. 그리고 주위의 바위, 나무, 풀, 바람, 구름들과 자연의 언어로 통하고 있었다. 모두와 자연의 언어로 소통할 수 있었지만 그래도 그가 다래였기에 아무래도 다래들과 자연스레 더 어울리고 더 많이 소통했을 것이다. 그의 옆에 있는 다래와는 특히 더 많은 이야기를 나누고 서로 넝쿨로 보듬으며 자랐다.

그러던 어느 해 비가 억수같이 내렸다. 수성동 계곡에는 홍수가 났다. 거친 물살이 계곡을 휩쓸며 지나갔다. 다래들도 거친 물살에 휩쓸려 뿌리 채 뽑혀 떠내려갔다. 그도 떠내려갔지만 다행히 큰물은 금방 잦아들었고 그는 계곡입구에 다시 자리잡을 수 있었다. 그렇지만 그 옆의 다래는 어디론가 멀리 떠내려가서 다시는 볼 수 없었다. 그는 그쯤에서 꿈에서 깼다.

까마귀 섬으로 가는 마지막 열차라는 안내방송을 듣고 잠에서 깨어난 그는 황급히 열차에 올랐다. 늦은 시간이라 좌석에 여유가 있어서 바로 자리를 잡은 그는 다시 눈을 감고 생각한다. 안내방송을 듣고 깬 꿈에서처럼 어쩌면 자신이 전생에 정말로 다래였을지도 모르겠다고 생각한다. 그는 짧은 꿈속에서 만났다 헤어진 다래나무에게 마음으로 안부 편지를 쓴다.

우리 두 그루가 싹을 틔운 곳은 그리 험하지 않은 바위산 계곡입니다. 아담한 바위 틈새마다 나무와 풀이 어우러져 있었습니다. 우리 두 그루는 가뭄을 견디려고 바위틈으로 깊게 뿌리를 내려갔습니다. 그러던 중에 우리의 뿌리가 만나기도 했습니다. 우리는 저만큼 떨어진 자리에 서 있었지만, 뿌리는 서로에게 다가갔고 서로 단단히 엮였습니다. 그리고 뿌리로 빨아 올린 소중한 물방울을 서로 나누며 가뭄을 견뎠습니다. 큰 바람이 불어 올 때면 서로의 뿌리를 단단히 잡아서 흔들리지 않게 했습니다. 무심한 듯 저만큼 떨어져 있지만 서로 통하며 서로를 아꼈습니다. 우리는 서로 말을 하거나 그러지는 않았습니다. 햇볕이 따가울 때에는 그냥 햇볕을 온 몸으로 받아 냈습니다. 거친 바람과 여름의 폭풍우를 뚫고 우리는 조금씩 자랐습니다. 어느덧 우리는 사이좋게 가까이 자리 잡았습니다. 어린 때에는 저만큼 떨어져 있었지만, 풍파를 이기고 커서 서로 가까워진 것이지요. 힘껏 뻗은 넝쿨들은 서로 맞닿았습니다.

우리는 그렇게 아주 오랫동안 서로를 넝쿨로 보듬으며, 때로는 경쟁하며 살았습니다. 가끔 서로에게 삐쳐서 서로를 밀어내기도 하고, 심한 가뭄이 들었을 때에는 한 방울의 물이라도 더 빨아들이려고 경쟁하기도 했지요. 때로는 넝쿨이 엉키기도 하고 서로를 밀어내며 다시 멀어지기도 했지요. 결국은 그렇게 맞닿은 가지로 서로의 마음을 전하고 전해 받았습니다. 폭풍우가 몰아칠 때에는 서로 의지했습니다.

우리가 같이 맺은 열매는 우리의 마음을 닮았습니다. 겉은 보잘 것 없이 거칠었지만 속은 한없이 맑고 투명한 에메랄드 빛을 띠고 향기로웠습니다. 작고 앙증맞은 씨가 촘촘히 박혀서, 씹을 때마다 다채로운 느낌을 주며 맑은 향기를 뿜었습니다. 고라니와 다람쥐들은 우리 열매를 무척 좋아했었지요.

우리 둘이 그렇게 평화롭게 살던 때는 정말 아주 오래전이랍니다. 그 계곡에 통돌다리가 놓이기 전이었으니까요. 물론 계곡의 여름 경치를 어느 화가가 그리기 전이기도 하지요.

어느 해인가 비가 끝없이 내렸고 계곡에는 큰물이 났습니다. 우리 둘은 뿌리째 뽑혀서 어디론가 마구 흘러내려갔습니다. 서로 엉켜 있던 우리의 뿌리도 어느 틈에 뭉텅 잘려나갔습니다. 흘러 내려가는 와중에 나는 그대를 힘껏 물가 가장자리로 밀어냈습니다. 아마 우리는 서로를 힘껏 밀쳐내었을 겁니다. 나는 그만 정신을 놓고 말았습니다. 그대와는 그것이 마지막이었습니다.

떠내려 온 나는 평평한 땅에 자리 잡았습니다. 그리고는 다시 생을 시작해서 마치고, 다시 태어나고 마치고를 거듭했습니다. 그러면서 나도 모르게 조금씩 더 높은 곳으로 자리를 옮겨갔습니다. 아마 큰물에 놀랐던 기억 때문이겠지요. 이번 생에는 계곡 입구 자그마한 언덕의 느티나무로 태어났습니다. 느긋하게 자라며 천천히 아래를 향해 뿌리를 내렸습니다. 그러다가 어느 순간 뿌리가 깊숙이 그곳에 닿으며 마침내 나는 나무의 정령(精靈)이 되었습니다. 사실, 정령이 되면서 비로소 지난 생들의 기억이 살아난 것이랍니다.

그런데 찬찬히 살펴보니 그대도 내게서 그리 멀지 않은 곳에 있었습니다. 계곡에서 같이 지낼 때 작은 열매로 주위를 기쁘게 했던 기억, 우리가 같이 한 삶의 기억이 그대에게 체화(體化)되어 있는 듯합니다. 소박한 찬으로 나그네들의 허기와 갈증을 달래주는 그곳의 이름도 지난 생이 기억나게 합니다.

무언가에 끌리듯 그대는 내게 다가와 내 옆에 자리 잡았습니다. 나는 내 잎을 마음껏 펼쳐 그대에게 시원한 그늘을 주려고 합니다. 그리고 피톤치드를 힘껏 뿜어내어 그대의 건강과 기분을 챙깁니다. 가을에는 낙엽을 치우는 소소한 번거로움으로 건강을 챙기게도 하지요. 늦은 밤, 아니 아침 일찍 그대가 집에 돌아올 때쯤이면 나는 느티나무에서 나와 그대가 오는 길을 살핍니다. 그대도 내가 주위에 있는 것을 알고 있는 듯합니다. 가끔씩 뒤를 돌아보며 내게 말을 거는 듯 느끼는 것은 내 착각이겠지요? 나는 이제 어떤 일이 닥치더라도 정신을 놓지 않으리라 다짐합니다. "정신 똑바로 챙기자!"

아카시아 향

하루의 일과를 마무리하고 서촌에 있는 파전 집으로 향했다. 그 곳에서 여느 때처럼 표구 집 사장을 만났다. 그의 체구는 나와 비슷하고 나이는 나보다 한 살 어렸다. 파전 집에서 만나서 통성명하고 친구로 지내는 사이다.

그는 벌써 막걸리를 몇 잔 걸친 듯 얼굴에 술기운이 감돌았다. 간단한 인사를 나누고 그와 자리를 같이 했다. 그는 막걸리, 나는 맥주를 마시며 흘러가는 세상사에 대해 가볍게 얘기를 나누었다.

마침 아카시아 꽃이 한창인 때라 그랬는지 얘기가 아카시아 꽃에 이르렀다. 아카시아 얘기가 나오자 그의 표정이 차분해진다. 그리고는 그동안 말하지 않던 자신의 어린 시절, 어머니와 동생들과 같이 한 시절을 얘기한다. 모두가 어려웠던 시절이었으니 그도 어렵게 살았으리라. 어머니 혼자 어린 자식들을 키웠다니 더 힘들었을 것이다. 그의 표정을 보니 그래도 그 시절이 그리운가 보다. 그의 어머니는 안타깝게도 그가 초등학교 고학년일 때 돌아가셨고 이후 그가 동생들을 보살폈다고 한다.

그의 어머니는 처음에는 밭둔덕에 모셨다고 한다. 그가 초등학교에 다니던 시절이었기에 장례는 외삼촌들이 주관하였다고 한다. 장례를 치른 후에 그는 서울에 올라와 표구 일을 배워 동생들 뒷바라지를 했다고 한다.

그가 어느 정도 자리를 잡고 성인이 된 후에 어머니를 다시 양지바른 곳으로 모셨다고 한다. 이장을 하러 어머니 산소를 찾으니 한동안 돌보지 않았던 산소에는 아카시아 덤불이 무성하게 자랐고 아카시아 뿌리가 어머니를 겹겹이 싸고 있었다고 한다.

세월이 많이 지나서인지 그는 어려웠던 시절을 차분한 목소리로 담담하게 얘기한다. 그의 이야기를 들으며 한편으로는 그의 어린 시절의 모습이 동영상처럼 머릿속에 재현되면서 다른 한편으로는 내 어린 시절 생각이 떠올랐다. 그러면서 그와 나의 감정의 공진화가 일어난 것 같다.

몇 잔 더 걸친 후에 나는 일어나 전철역으로 향했다. 늦은 시간이라 전철 안은 비교적 한산했다. 자리에 앉아 눈을 감으니 술기운으로 억누르고 있던 하루의 피로가 비로소 몰려든다. 그런데 피곤한 가운데에도 그에게서 들은 얘기가 자꾸 머릿속을 맴돈다. 자꾸 그의 어머니 얘기가 머릿속을 맴돈다. 나는 차라리 잠시 그가 되어 보기로 하였다. 그리고 그가 어머니에게 전하고 싶을 얘기를 떠올려 보았다.

어머니, 그곳에서 잘 지내고 계시지요? 어머니 큰 손주 결혼식은 무사히 치렀습니다. 요즘에는 저와 동생들을 두고 차마 눈을 감을 수 없었을 어머니 생각이 더 자주 떠오르네요. 그래서 반 쯤 정신 나간 채 우리 곁에 더 머물러 주셨지요. 가슴 시리도록 고맙습니다. 저도 자식을 키워보니 어머니 마음의 발치 정도는 이해할 수 있게 되었답니다.

따스한 햇살을 좋아하시던 어머니를 처음부터 양지바른 곳에 모시지 못해 너무 죄송했습니다. 어머니가 처음 머무른 곳엔 어느 틈엔가 아카시아 나무가 사방으로 자라났지요. 어머니에 뿌리 내린 아카시아의 향은 더욱 진했었지요. 그때에도 어머니는 늘 우리 삼남매 곁에 있었네요. 그런데 그때는 삶이 너무나 버거워서, 향으로 전하는 어머니의 사랑을 미처 느끼지 못했답니다. 삶의 무게

를 어느 정도 내려놓은 지금에야 아카시아 향에서 어머니가 느껴
지네요.

어머니가 육신을 내어주어 키워낸 아카시아는 겨울이면 우리 삼
남매가 사는 방을 따스하게 데워주곤 했지요. 가시에 찔리며 아카시
아 가지로 군불을 지피면 토방의 아랫목은 어머니의 품처럼 따스해
졌지요. 새벽녘이 되어 구들이 차가워지면 우리 삼남매는 서로 부둥
켜안고 추위를 견뎌냈었습니다.

어머니, 따스한 그곳에서 편히 쉬고 계시지요? 혹여 우리 삼남매
가 걱정되어 아직도 구천을 떠돌고 계시다면, 이제 그런 걱정일랑은
접고 편히 쉬시구려. 삼남매도 다 잘 자랐고 열심히 살고 있답니다.

철들기 전부터 가장(家長) 역할을 했지만 마음은 아직도 엄마 품
이 그리운 어린아이입니다. 엄마의 포근한 가슴에 안기고 싶은 어
린 마음, 이해하시지요?

엄니, 보고 시퍼야…….

두 번째 이야기

그 카페는 부암동 언덕배기 큰길가에 있었다. 카페가 자리한 건물은 골목길과 부암동 큰길 사이에 위치해 있었다. 골목길이 큰길보다 조금 낮았기에 카페는 큰길 쪽에서 들어가면 1층이었으나 골목길 쪽에서 들어가면 2층에 자리 잡고 있었다. 1층인 듯 2층인 카페였다. 그래서인지 카페의 이름도 『세컨드 스토리』였다.

카페에 크게 내세울만한 특징은 없었지만 나는 왠지 모르게 그 카페의 분위기가 좋았다. 그래서 가끔 카페에 들러 시원한 맥주 한 잔 하는 것을 낙으로 삼았다. 특히 5월에 아카시아 꽃이 필 즈음에는 인왕산 자락의 아카시아 향이 길을 건너, 그 즈음에는 활짝 열어젖힌 카페 전면을 통해 카페 안으로 스며들었다. 나는 그 아카시아 향을 특히 좋아했다.

그 카페와 관련된 일들은 처음인 듯하지만, 알고 보면 그 전에도 있었던 일들이었나 보다. 처음 그런 생각을 한 건 '꽃의 징령' 아가씨를 만난 때였다. 그날 처음 만나 합석한 아가씨였는데 꽤 오래전에 궁에서 나를 만난 이야기를 했었다. 반신반의하며 농담이라 생각하려 했지만 왠지 그녀가 풍기는 분위기는 익숙했었다.

그날도 카페에서 맥주 한잔하고 눈을 감고 아카시아 향을 맡다가 살포시 졸았나 보다. 눈을 떠보니 길 건너편 아카시아 향이 오는 쪽에 그 아가씨가 있다. 나는 후다닥 일어나 생각할 겨를도 없이 그 아가씨에게로 달려갔다. 왜 그랬는지는 모르지만…… 그러다 무언가에 부딪친 듯 둔탁하고 예리한 아픔을 느끼며 그 자리에 쓰러진 것 같다. 그래도 의식의 흐름이 아주 끊이지는 않았던 듯하다.

전생의 기억이 아직도 생생하다. 버스기사에게 미안한 마음도 있다. 무단횡단 한 내 잘못이 크므로…… 다행히 보험처리가 잘 되었고 내가 무단횡단 한 탓이기에 그 기사가 받은 불이익은 없었겠지만 그래도 많이 놀랐을 것을 생각하니 아주 미안하다. 기회가 되면 미안함을 갚으리라.

나는 작고 귀여운 꼬물거리는 존재로 환생하였다. 풍성한 샐러드 바를 즐기는 동안은 그저 행복한 나날의 연속이었다. 그런데 갑자기 무언가에 찔린 듯 예리한 고통이 내 몸을 마비시켰다. 그래도 내 정신은 또렷했다. 아니 더 맑아졌다고나 할까. 어두움 속에 갇혀서 지내니 시간의 흐름도 멈춘 듯 했다. 영겁의 시간이 지난 후에는, 아무런 느낌이 없었지만 그래도 무언가 내 몸속에서 자라는 것을 느낄 수 있다. 그렇다. 작은 생명들이 내 몸 안에서 자라고 있구나.

그리고는 옛날의 기억도 살아났다. 그 전의 나는 그녀에게 아픔을 주는 존재였나 보다. 그래도 그녀는 나를 배려해서 큰 고통 없이 생명을 안을 수 있게 해 주었구나. 내 몸속의 생명들은 어느 날 어디론가 날아갈 것이다. 그날 내 의식은 내 몸속에서 자라는 생명 중 하나에게로 옮겨갈 것이다. 어느 맑은 날 나는 부암동 언덕을 다시 날게될 것이다. 두 번째로…….

모래섬 이야기

부암동을 가로지르는 큰길 서쪽 인왕산 자락으로 오르는 골목은 급경사이다. 겨울에는 골목 응달진 곳 구석구석에 미처 치우지 못한 눈이 쌓여 있어서 미끄럽기까지 하다. 그래서 주민이 아닌 사람들은 거의 들르지 않는 길이다.

큰길에서 골목으로 막 들어선 초입 급경사지에 인상적인 건물이 있다. 그 건물은 열대지방의 수상가옥처럼 아래층을 비워서 큰길에서 보이는 아래층에는 주차장이 자리 잡고 있고 주 출입로는 급경사의 골목을 조금 돌아 들어가야 비로소 나타났다. 건물을 지을 때 주인이 한껏 멋을 낸 건물인 듯 했다. 아마도 상업적 목적으로 지었다면 큰 길에서 보이는 쪽의 미관과 접근성을 더 강조했으리라. 그 건물의 주 출입로를 힘들여 찾아 들어서면 겉에서 상상한 모습과는 다르게 의외로 넓은 공간이 펼쳐졌다. 그리고 건물의 테라스에서는 큰 길 건너편의 풍경도 여유롭게 나타났다.

주 출입로로 들어선 곳엔 한적한 카페가 자리 잡고 있었다. 그는 와당박물관에 들렀던 날 아픈 다리를 잠시 쉬어갈 곳을 찾다가 그 카페를 발견했다. 카페에는 편안한 소파와 소품이 여유롭게 배치되어서 탁 트인 느낌을 주었다. 그러면서도 아늑한 느낌을 주는 카페였다. 벽에는 피카소의 게르니카 모화가 걸려있었다. 첫날부터 그는 그 카페가 마음에 들었다.

그는 그 카페를 자주 찾게 되었다. 카페의 분위기가 마음에 들었을 뿐 아니라 카페에서 일에 집중할 수 있었기 때문이었다. 다만 손님이 없는 것은 조금 마음에 걸렸다. 늦은 오후에 카페를 찾으면 대개 그가 유일한 손님이었다. 너무도 차분하고 아늑한 곳이라 추가 주문을 하려고 주인을 부를 때에는 정적을 깨는 것이 조금 망설여질 정도였다.

봄에서 여름으로 넘어가던 계절의 어느 날 그는 그 카페를 찾았다. 그리고는 카페가 문을 닫았다는 것을 알고 아쉬운 발길을 돌렸다. 그로부터 몇 달 뒤 저녁 때 버스를 타고 그 앞을 지나던 그는 카페가 있던 건물 2층에서 나오는 불빛을 발견하였다. 반가운 마음에 그는 버스에서 내려 카페를 찾아갔다.

카페에는 다른 주인이 있었다. 새 카페에는 커피와 차는 다양하게 있었지만 맥주와 와인 메뉴는 없었다. 한두 번 더 찾아간 후에는 그 카페도 문을 닫았다. 아마도 손님을 끌기에는 카페의 위치가 너무 안 좋았나 보다. 그로서는 무척 아쉬운 일이지만 어쩔 수 없는 일이기도 했다.

어느 날 서류를 정리하던 그는 영수증 모음 속에서 그 카페의 영수증을 발견하였다. 영수증에 새겨있지만 무심코 지나치던 문구가 그의 눈길을 잡아끌었다. '작은 섬에서의 행복이 영원하기를 바랍니다.' 그 문구는 그에게 어릴 때 마을 앞 시내에서 놀던 때가 생각나게 했다. 마을 앞 시내에는 흐름이 유순해지는 곳에 모래섬이 생겨났고 모래섬은 그의 놀이터였다.

그가 살던 곳에서도 봄이 오면 큰 산에 쌓인 눈이 녹아 개울이 되고 개울이 합쳐서 강물이 된다. 강물은 흐르며 여기저기 낮은 곳을 채운다. 그리고 도도히 흐르며 이곳저곳 깊게 패인 상처도 만든다. 상처에서 떨어져 나온 모래들은 자기들이 짊어지고 간다. 그러다가 어느 틈엔가 봄눈 녹은 물이 떨어지면, 짊어지고 가던 모래들을 기슭이나 강 한가운데 그냥 내려놓는다.

그래서 강이 유순해질 때 쯤 강 한가운데에 모래섬이 자라난다. 모래섬에 쌓인 모래에는 흘러 내려 온 찔레꽃 더미도 뿌리내리고 여러 식물들이 흐드러지게 같이 자란다. 그래도 강물이 흐르는 때에는 피라미들이 모래섬 주변에서 유유히 헤엄치고 모래무지들은 모래 속으로 숨는다.

그때쯤에는 연인들이 모래섬을 찾아 늦봄의 정취를 같이 즐기기도 한다. 연인들은 신을 벗고 강물의 흐름과 재잘거림을 맨발로 느끼며 모래섬 주변을 산책한다. 아주 평화롭고, 영원히 지속되기 바라는 행복한 한 때.

봄 가뭄이 지속되면 강물은 서서히 말라간다. 너무 가물면 이제 강물은 끊어질 듯 겨우 흐름을 이어가고 모래섬 주변에 자라난 풀들의 뿌리는 갈증을 못 참고 강물 쪽으로 뿌리를 더 뻗는다.

그러다 마침내 비가 내리고 큰물이 흐르면 섬의 모래가 함께 휩쓸려 내려간다. 풀도 물떼새 둥지도 다 같이…… 더 심해지면 모래섬도 떠내려간다. 큰물에 휩쓸리지 않으려는 피라미는 강기슭 구석으로 숨어 안간힘을 쓴다.

그렇게 큰물이 휩쓸고 간 후에 비로소 다시 평화가 찾아온다. 그러나 모래섬은 어디론가 떠내려갔다. 그래도 내년 봄에는 다시 모래섬이 너른 강 한가운데에서 자라날 것이다. 지금까지 늘 그랬듯이……

그곳에 카페를 차렸던 주인은 어쩌면 카페의 영업이 신통치 않으리란 걸 알고 있었던 것일까? 강물 가운데의 모래섬처럼 카페도 나타났다 사라질 것을 예감한 것일까? 작은 섬에서의 행복은 영원하지 않았지만 그래도 그곳에서의 행복의 기억은 영원하리라.

II
동물 이야기

이사 가는 길

I

가족을 부양하는 일은 힘들지만 보람찬 일이라고 생각했다. 그런 생각으로, 아니 사실은 그런 생각을 할 틈조차 없이 부지런히 자식들을 키웠다. 맞벌이로 벌어서 열심히 자식들을 먹이고 키웠다. 힘들고 지친 순간의 연속이었지만 자식들을 키우는 일은 당연히 해야 할 일로 생각했다.

강북에 힘들게 마련한 집은 꽤 높은 층에 있어서 전망은 그런대로 괜찮았다. 애들이 커 가면서 조금씩 비좁게 느껴졌지만 그래도 그 집에 살던 때가 행복했었다. 아이들은 커가면서 자꾸 강남으로 이사 가자고 했다. 그래서 어느 정도 크면 이사 할 테니 열심히 크라고 했다. 나도 내심 아이들의 사회생활은 강남에서 시작하게 하고 싶었다. 아이들은 잘 자랐고 이제 드디어 이사하는 날이다.

이사 가는 길이 꽤 멀게 느껴진다. 오늘따라 으슬으슬 춥기도 한 것이 이제 나도 많이 늙었다는 생각이 든다. 어느새 길은 어두워졌다. 나는 점점 더 지치고 처지며 이제 길에서 그냥 쉬고 싶다는 생각마저 들었다.

지친 나는 그냥 아래로 떨어져 내렸다. 검은 어둠속으로 빨려들 듯 아래로 끝없이 떨어졌다. 그리고는 둔탁하게 바다와 부딪친 것 같다. 순간 스치듯 어렴풋한 기억이 지나갔다. 화려한 조명 아래에서 어지럽게 스텝을 밟고 있는 내 모습이 떠올랐다.

그날은 마루가 미끄러웠던지, 나는 어지러운 조명 속에 그만 중심을 잃고 미끄러져 마루에 머리를 세게 찧었던 것 같다. 그것이 지난번 생의 마지막이었던 듯…… 이번에 바다와 부딪친 순간의 느낌도 지난번에 마루에 부딪친 그 느낌과 닮았다. 지난번 삶에서도, 그리고 지금의 삶에서도 나는 열심히 살았다고 자위한다. 그래도 지난번의 삶은 잠시의 외출이었을 것이다.

II

바다에 부딪칠 때의 충격이 꽤나 컸나 보다. 그 짧은 순간에 수많은 기억들이 모두 살아났다. 화려한 조명 속에 스텝을 밟으며 돌고 있는 남녀의 기억이 스쳐 지나갔다. 그리고는 숙취가 가시지 않은 얼굴로 낯선 곳에서 주전자의 물을 들이키는 나도 생각났다.

스치듯 짧은 순간이었지만 그때 내가 느꼈던 자괴감, 낭패, 후회 등도 날개달린 새처럼 훌훌 날아올랐다. 그래, 그때는 그렇게 생각했었지, 오늘로 이 생활도 끝이다. 그러다가 저녁때가 되면 '오늘까지 만이야' 하고 되뇌고는 다시 그곳으로 향했었지.

그날은 그런 생활에도, 번번이 어긋나는 다짐에도 지친 날이었던가 보다. 그래서 독한 술을 마구 들이켜도 왠지 취하지 않을 것만 같은 날이었지. 그래서 다른 날보다 술도 더 많이 마셨었나보다.

플로어에 발을 디딜 때 이미 내 다리는 풀려 있었을지도 모르겠다. 몇 번의 느린 춤이 지난 후 밴드가 박자가 빠른 곡을 연주하기 시작했다. 그날따라 플로어가 복잡해서, 뜨내기 춤꾼들을 솎아내려고 밴드 마스터가 그랬을지도 모르겠다. 아무튼 플로어에 세게 머리를 부딪친 순간에 나는 내 과거를 잠시 떠올릴 수 있었다.

Ⅲ

전생의 나는 높은 산들로 둘러싸인 곳에서 살았었다. 낮에는 따사로운 햇살이 내리쬐면서 보드라운 꽃송이들이 피어올랐다. 나는 느긋하게 날아다니면서 내 식성에 맞는 꽃봉오리들을 골라 천천히 음미하면서 먹었다. 맛좋은 꽃봉오리들이 지천에 널려있었기에 먹이를 두고 다른 새들과 다툴 필요도 없었다.

그러다가 석양이 지면 그곳은 완전히 다른 세계로 변했다. 부드럽게 불던 바람은 어느새 차가운 칼바람으로 변했다. 그리고 바람이 더욱 거세지면서 무척 추워졌다. 나는 조그만 바위틈에 몸을 맡기고 온몸으로 칼바람을 견뎌내야만 했다.

너무 추워 견디기 힘든 밤이면 나는 이렇게 결심했다. '내일 날이 밝으면 꼭 조그만 집을 지으리라. 그래서 밤에도 따스한 온기를 느끼며 잠들리라.' 그러나 아침이 되어 동녘에 해가 뜨면 세상은 아름답고 온화한 세계로 금세 바뀌었다. 밤새 추위 속에 움츠리고 있던 나무들은 언제 그랬냐는 듯이 다시 꽃망울을 터뜨리고 어디선가 나비들도 나타나 하늘하늘 날아다녔다. 아름다운 날씨에 취한 나는 전날 밤에 추위에 떨며 한 다짐 따위는 금세 잊어버렸다. 꽃나무 위를 날아다니며 기쁨의 노래를 불렀다. 그리고는 밤이 되면 다시 추위에 온 몸을 떨었다.

그러나 그런 생활이 계속되면서 나도 추위에 어느 정도 적응해갔다. 그래서 밤에 추위에 떨기는 했지만 그런대로 견딜 만 했다. 집을 짓는 수고를 하느니 그냥 아름다운 때를 즐기고 싶었다. 그리고 밤이 되면 추위는 추위대로 그냥 맞아서 덜덜 떨었다. 이 추위 또한 지나가리라 생각하니 한고조(寒苦鳥)의 삶도 나쁘지 않다고 생각했다.

그때 즈음에 신은 나를 다른 세상으로 옮겨야겠다고 생각했을 것이다. 아주 추운 어느 날 나는 추위 속에 깊이 잠들어서 아침의 따스한 햇살을 받으면서도 깨어나지 않았다. 그런데 그날따라 유달리 심한 추위 때문에 깊이 잠들지 못했었나 보다. 어렴풋이나마 내 삶이 끝나가는 것을 느꼈다. 충실하지 못했던 삶에 대한 후회가 몰려왔다. 그러면서 다시 태어난다면 가족을 위해 충실하게 살겠다고 다짐했을 것이다. 그래서 다시 태어난 나는 가족을 충실하게 부양했을 것이다.

세 번의 삶

　하늘 저 높은 곳에 올라 위를 보면 대혼돈(大混沌)의 우주가 펼쳐져 있다. 그곳은 대혼돈의 신이 주재하는 세계이다. 대혼돈의 세계이지만 무질서하지는 않다. 오히려 의식적으로 질서를 잡으려 하지 않아도 모든 것이 우주(宇宙)스러운 세계이다. 나는 대혼돈의 세계에서 집사로 일했다. 집사가 되기 전에는 어떤 존재였는지 기억나지 않는다. 내 임무는 대혼돈 신의 따님을 시중드는 일이었다. 자질구레한 일들을 맡아 처리했다.

　대혼돈 신의 따님은 조금 제멋대로인 데도 있었지만, 눈부시게 아름답고 도도하며 기품이 있었다. 내가 그녀를 사랑하게 되리라고는 감히 상상도 하지 않았다. 나는 집사로서 그저 내 일에 충실했다. 그러나 어느 틈엔가 내 가슴은 그녀에 대한 생각으로 가득 찼다. 물론 내가 그녀에게 내 마음을 털어놓거나 하는 일은 없었다. 신분의 차이가 있었으니까…… 나는 그냥 나 혼자 그녀에 대한 내 마음을 키우고 다듬고, 나 혼자 슬퍼하고, 아쉬워하고, 기뻐했다. 그녀를 생각하기만 해도 가슴이 훈훈하고, 시리고, 먹먹해 졌었다.

그런데 언제부터인가, 그녀를 생각하면 가슴이 너무 아프고 숨을 쉴 수가 없었다. 그래서 가급적 그녀 생각을 하지 않으려 애를 썼다. 그때쯤이었을 거다. 그녀에게 어느 다른 우주계의 왕자가 청혼을 한 것이…… 따님은 그 청혼을 거절하였다. 순수한 사랑이 아니라 정략적 목적의 청혼이라고 생각한 듯하다. 청혼을 거절한 이후 대혼돈의 우주와 그쪽 우주와의 외교관계가 냉랭해지고 긴장상태로 돌입했다. 대혼돈의 신은 이런 저런 우주내외 사정으로 인해 따님을 그대로 둘 수가 없었다. 그래서 며칠 동안의 근신을 명하셨다.

며칠 동안 그녀는 대혼돈의 우주를 떠나 인간세계에 내려갔다 와야만 하는 가벼운 견책을 받았다. 대혼돈 신은 따님의 의견을 존중하긴 하였지만, 그래도 따님을 그냥 두면 혹시라도 외교적 문제가 생길까 걱정하신 것으로 짐작한다. 며칠이지만, 지상의 기준으로는 꽤 오랜 기간 동안이고 한 평생에 해당하는 시간이기도 하다.

그러면서 대혼돈 신은 내게도 며칠 동안의 외출과 지상의 삶을 허락해주셨다. 내가 따님을 연모하는 마음을 가지고 있다는 것을 아셨을 걸로 생각한다. 딸을 생각하는 마음은 신이나 하찮은 존재나 모두 마찬가지였던 걸까 ─ 하찮은 존재라도 따님 근처에서 도와주었으면 하는 부모 마음이었을 걸로 이해한다. 몇 번의 환생, 그것도 내가 원하는 존재로 환생할 수 있는 옵션도 내게 주셨다. 물론 같은 존재로 반복해서 태어날 수는 없었다. 원하는 대로 환생할 수 있는 카드를 몇 장 받고 나는 인간세계로 하방(下方)되었다. 나는 환생카드를 여러 장 쓸 생각은 없었기에 세 장만 쓰기로 하고 남는 카드들은 그냥 주위 친구들에게 나누어주었다. 나중에 외박나갈 때 쓰라고…….

지상에서의 첫 번째 삶으로 나는 바위를 선택하였다. 바위로 태어나 그녀가 자립할 수 있게 도와주기로 하였다. 즉, 그녀에게 튼튼한 버팀 바위가 되어 주기로 한 것이다. 그러면서 나는 내 몸의 일부를 갈기갈기 찢고 빻아서 그녀가 사뿐히 밟을 수 있는 부드러운 흙을 만들어주었다. 그러나 무심한(?) 그녀는 나에게 눈길조차 주지 않았고, 나를 즈려 밟고 지나간 후에는 현관에서 깨끗하게 내 분신들을 털어버렸다. 거기에다가 언제부턴가 나를 의식하기 시작했나보다. 그래서 땅 밟기를 주저하고 말을 타거나 가마를 타고 다녔다. 바위로 태어난 삶의 말미에 나는 그녀에게 지긋이 밟힐 기회조차 잡기 어렵게 되었다. 그래서 나는 조금은 쓸쓸하고 쓸쓸하게 첫 번째 생을 마무리 하게 되었다.

두 번째 삶으로 나는 나무를 선택했다. 이제 그녀를 지켜볼 수 있고 그녀의 숨결을 느낄 수 있었다. 아주 가끔은 그녀가 나를 쓰다듬기도 한다. 그럴 때면 나는 기쁘고 흥분된 마음으로 피톤치드를 사방으로 흐드러지게 날렸다. 그것이 어느 정도는 효과가 있었던 것일까. 그녀는 편안한 얼굴로 나를 대하곤 했다. 그렇게 나무로 사는 삶이 너무도 만족스러웠다. 그러나 살아 있는 존재의 욕심은 끝이 없나보다. 나는 더욱 더 그녀를 간절히 원하게 되었다. 나를 보고 뒤돌아가는 그녀 앞으로 마구 뛰어가고 싶어졌다. 그리고 그녀에게 말을 하고 싶어졌다. 어떤 말이든 상관없이 그냥 아무 말이라도……. 그러나 내 입은 얼어붙었고 마음속에서만 맴돌 뿐 어떻게 표현할지 모르고 있었다. 그래서 두 번째 삶을 마치고 장작으로 활활 타오르며 나는 다짐했다. 다음 생에서는 마음껏 나를 표현하고 말할 수 있는 존재로 태어나겠다고.

지상에서의 마지막 삶, 세 번째 삶에서는 나도 그녀에게 내 마음을 전하고 싶어졌다. 그래서 나는 내 맘을 전할 수 있는 존재를 찾았다. 처음에는 제비가 되고 싶었다. 그러나 제비는 추운 겨울에는 멀리 강남으로 이사해서 그녀와 떨어져 있어야 하는 게 아쉽게 느껴졌다. 그래서 나는 제비 대신에 마음껏, 목청껏 내 마음을 그녀에게 전할 수 있는 매미가 되기로 하였다. 그런데, 선택의 순간에 나는 지상에 대해서는 별로 아는 것이 없었기에, 매미가 그리 오랜 동안 땅

속에 있어야 하는 걸 몰랐었다. 땅 속에서 처음에는 시간이 멈춘 듯 느껴졌다. 그렇지만 어두움은 이내 내 마음에 평온을 가져왔다. 나는 어둠과 느림에 익숙해지며 마음의 평화와 희열을 맛보았다. 그래! 이런 삶도 그런대로 괜찮구나. 그리고 밝은 환희를 기다리는 순간은 그 자체가 큰 기쁨의 연속이었다.

나는 어두운 땅속에서 그녀에 대한 그리움을 키웠다. 어두움은 그리움이 더욱 사무치게 하였다. 또 그녀에게 다가갈 순간을 더욱 설레며 기다릴 수 있게 하였다. 마침내 지상으로 나와 그녀에게 다가갔을 때에는 눈부신 햇살이 내 눈을 멀게 할 듯이 느껴졌다. 나는 환희에 젖어 내 몸이 허락하는 대로 소리를 키워 그녀에게 내 소리를 전했다. 지상의 순간이 너무나 소중하였기에 깨어있는 내내 나는 그녀에게 내 마음을 전하고, 전하고 또 전했다. 물론 일방적으로 내 마음을 목청껏 전하는 것이었지만 나는 아주 행복했다. 그녀도 가끔 내 쪽으로 몸을 돌려 무언가 얘기를 하기도 했다.

시끄럽게 한 건 조금 미안하긴 하다. 그래도 그녀가 나에게 반응을 보인건 너무도 행복하다. 땅속에서 그리움을 키운 순간도 이젠 더 이상 길고 지겹게 기억되지 않았다. 아니 오히려 고맙기까지 하다. 밝은 빛을 즐기며 그녀를 보고, 또 그녀에게 내 마음을 마음껏 전할 수 있게 되었으니까…… 그녀 옆에서 내 마음을 전하며 있을 수 있는 이 순간이 너무도 행복하다. 비록 내 마음이 그녀에게 전해질 가능성은 작지만, 그래도 그녀가 내 마음을 어렴풋이나마 알게 되거나 혹은 싫어할 테니까…….

다시 태어날 수 있는 옵션 카드가 한 장 더 있다면 나는 아름다운 목소리를 가진 존재로 다시 태어나고 싶다. 그래서 그녀에게 나의 아름다운 목소리로 노래를 불러주고 싶다. 아차! 이번에도 이쁜 카나리아로 태어나서 그녀에게 아름다운 노래를 불러주면 되었을 텐데, 내 생각이 짧았었구나. 사실은 이번 카드를 쓸 때에도 그런 생각을 조금 하긴 했었다. 그런데 나를 바라보는 그녀의 시선을 내가 너무 의식할지도 모른다는 자격지심에 지금의 삶을 택하게 된 것이기도 하다. 지상에서 겪은 세 번의 삶은 너무나 소중한 내 삶의 일부이다. 이제 대혼돈의 세계에 돌아가면 어떤 일이 주어지든 내 직분에 충실하리라.

만약에, 정말로 만약에 아주 먼 훗날에 그녀와 내가 같은 존재로 다시 태어나고 서로 사랑할 수 있는 기쁨이 주어진다면, 그때에는 그녀의 숨결, 따스하거나 차가운 손길 혹은 발길 등등 그녀의 모든 것을 더욱 더 소중하고 귀하게 여기리라.

가시 괴물

아득히 오랜 옛날의 이야기입니다. 높은 산들이 줄지어 있고, 그 산들 사이에 큰 호수가 있었습니다. 봄이면 산에는 봄꽃의 향기가 가득했고, 바람이 잔잔한 날이면 꽃이 만발한 풍경이 수면에 비쳤습니다. 여름에는 가끔 태풍이 와서 큰 산과 호수를 휘저었습니다.

가을에는 따사로운 햇살이 호수와 산을 비춰주곤 했지요. 가을에서 겨울로 계절이 바뀔 때에는 가랑비가 내리면서 계절의 변화를 재촉하였습니다. 한겨울에 호수는 꽁꽁 얼어서 어린아이들의 놀이터가 되어 주었고, 얼음낚시를 하는 어른들에게 자리를 내어주었답니다.

호숫가 근처 마을사람들은 물고기를 잡아서 먹거나 시장에 내다

팔면서 살았습니다. 아침에는 물고기 죽과 튀김, 점심에는 매운탕, 저녁에는 물고기 조림 등 거의 매 끼니마다 물고기를 먹었답니다. 그러다 보니 먹고 남은 물고기의 가시가 매일 나왔습니다. 마을 사람들은 물고기 가시를 호숫가 근처 웅덩이에 버렸습니다. 오랜 세월이 흐르자 웅덩이에는 물고기 가시들이 가득 쌓이게 되었습니다.

그러던 어느 날 폭풍우가 몰아치며 하늘에서 번개가 번쩍하며 호숫가에 내리쳤습니다. 무시무시한 번개가 여러 번 가시가 쌓여있는 웅덩이에 떨어졌습니다. 그러자 놀라운 일이 벌어졌습니다. 번개를 맞은 물고기 가시들은 하나하나 살아나기 시작하더니 이내 자기들끼리 뭉치기 시작하였습니다. 뭉친 가시들은 곧 사람의 모양으로 변하였습니다. 사람 모양을 한 가시괴물은 마을로 들어가서 닥치는 대로 가축과 사람들을 잡아먹기 시작했습니다. 사람들은 칼과 창으로 가시괴물에 대항했지만 소용이 없었습니다. 칼로 가시괴물의 사지를 잘라도 가시들이 다시 뭉쳐서 원래의 모습으로 돌아갔습니다.

마을 사람들은 공포에 잠겼습니다. 이때 야생 고양이들과 친하게 지내던 아이가 어른들에게 말했습니다. "가시괴물은 제 고양이 친구들이 해치울 수 있어요." 사람들은 아이의 이야기가 믿기지 않았지만 일단 그렇게 시켜보기로 하였습니다. 그 아이는 곧바로 마을근처 숲에서 야생 고양이 친구들을 데려왔습니다.

야생 고양이들은 가시괴물을 보자 바로 달려들었습니다. 가시괴물은 팔과 다리의 가시로 고양이들에게 대항했지만 소용이 없었습니다. 고양이들은 가시괴물의 팔과 다리, 몸통의 가시들을 맛있게 먹기 시작하였습니다. 가시괴물로 변하기는 하였지만 아직 생선가시 맛이 남아있었던 것이지요. 순식간에 고양이들은 가시괴물을 모두 먹어치웠습니다.

마을사람들은 야생 고양이들에게 무척 고마워했습니다. 그리고 그중 몇몇은 먹이를 줄 테니 같이 살자고 고양이들에게 부탁했습니다. 아마도 가시괴물에 크게 놀라서 그런 괴물이 또 나타날까 봐 걱정된 때문이겠지요. 몇몇 고양이가 그 청을 받아들였습니다. 단, 귀찮은 일은 모두 사람들이 맡아서 한다는 조건이었습니다.

이때부터 사람들은 야생 고양이들과 같이 살게 되었답니다. 야생 고양이들은 자기들이 사람들을 구해주었다고 생각하기에 다소 거만한 표정으로 사람들을 대했습니다. 그 이후 지금까지도 고양이들은 주인(?)에게 별로 아부하지 않고 자존심을 지키며 살고 있는 거지요. 어쩌면 사람들을 자기들의 집사로 보는지도 모르지요.

이런 고양이들을 보는 개들의 마음은 편치 않았습니다. 개들은 자기 주인에게 절대 복종을 하며 살고 있었습니다. 그런데 어쩌다 한

번 가시괴물을 물리쳤다고 자기 주인에게 거만하게 대하는 고양이
가 무척 아니꼬웠습니다. 그래서 틈만 나면 고양이를 괴롭힌답니다.

가시괴물 소동이 끝난 후에 마을 사람들의 행동에도 큰 변화가
생겼습니다. 그것은, 쓰레기를 아무데나 버리지 않는 것입니다. 쓰
레기 더미 속에서 혹시 다른 괴물들이 출현할까 걱정되어 쓰레기는
항상 봉투에 담고 꽁꽁 묶어서 쇠로 된 통 속에 넣었습니다. 번개에
맞지 않게 하려고…….

잠자리의 꿈

    계곡을 지나는 바람이 아직 차갑게 느껴지던 어느 봄날 나는 알에서 깨어났다. 부모님들도 잠자리였겠지만 뵌 적은 없다. 내가 알에서 깨어난 곳은 어느 산골 계곡의 차가운 물속이었다. 알 속은 조금 비좁기는 했으나 그런대로 평안하고 안온한 곳이었다. 그래서 깨어난 후 처음 얼마간은 물이 너무 차갑게 느껴졌다. 그러나 차가운 물에도 곧 익숙해졌다.

    나는 본능이 이끄는 대로 주변에서 먹이를 찾았다. 봄기운이 점차 퍼지면서 물속에는 내 먹이가 될 만한 작은 생명체들이 늘어갔다. 자그마한 물벼룩을 잡아먹기도 하고 어떤 날은 이름도 모르는 작은 애벌레들을 잡아먹었다. 주위에는 나처럼 알에서 깨어난 잠자리 애벌레들이 여럿 있었다. 우리는 서로에 대해 궁금한 점도 많았지만 서로 물어보거나 알려고 하지는 않았다. 각자 자신의 삶을 유지하는 것이 너무나 버거웠기 때문일 것이다.

봄 햇살이 꽤 따사롭게 느껴지던 어느 날, 내가 살고 있는 계곡에 식구가 갑자기 늘어났다. 개구리 알들이 부화해서 올챙이들이 태어난 것이다. 올챙이들은 우리의 먹잇감 노릇을 톡톡히 했다. 나는 근육에 힘이 붓고 몸이 커지면서 이제 작은 물고기들도 사냥할 수 있게 되었다. 송사리 새끼들은 큰 눈을 뜬 채 나에게 먹히기도 하였다. 때로는 스치듯 미안한 마음이 들기도 하였으나 어쩌랴! 그대를 먹지 않으면 내가 배고프고 또 힘이 떨어져서 큰 물고기의 밥이 되는 것을.

열심히 먹이를 먹고 몸이 어느 정도 커지자 몸속에서 하늘이 뒤집히는 듯한 변화와 고통이 자라는 것을 느꼈다. 몸이 자랄 때마다 나는 머리에서 꼬리까지 껍질을 벗는 고통 속에서 좀 더 커진 새로운 몸으로 태어났다. 처음의 경험은 너무도 고통스러워서 다시는 되풀이하고 싶지 않았다. 그러나 내 몸이 자라면서 고통의 순간은 몇 번이고 다시 찾아왔다.

어느 날 내 몸에 지금까지와는 다른 변화가 오고 있음을 느꼈다. 겨드랑이 부근이 가려워지면서 무언가 몸속에서 자라고 있는 느낌을 받았다. 그랬다! 날개가 몸속에서 자라고 있었던 것이다. 어느 초가을 아침 나는 물 밖으로 기어 나왔다. 몸 안의 변화가 급작스럽게 이루어져서 어지럽고 하늘이 노래졌지만, 있는 힘을 다해 물가의 억새풀 위로 기어 올라갔다.

새들의 눈에 안 띄게 잎새 뒤에서 나는 앞다리로 억새풀을 꽉 움켜쥐었다. 그리고 그 후 몇 시간 동안 내게 일어난 일은 사실 잘 기억나지 않는다. 나는 삶과 죽음의 경계에서 내 몸이 변하는 것을 죽을힘을 다해 견디고 있었던 것 같다. 머리 윗부분이 찢기면서 또 다른 내가 서서히 몸속에서 나타났다. 겨드랑이 부근에서 자라던 날개는 천천히 펴지고 이내 피가 돌면서 조금씩 날갯짓을 할 수 있게 되었다.

마치 누군가에게 미리 배우기라도 한 것처럼 나는 힘차게 날갯짓을 하며 하늘로 날아올랐다. 높은 하늘에서 보니 내가 살던 개울가가 조그맣게 보였다. 주변을 둘러보니 나와 같이 개울가에서 자라던 친구들도 어느새 날갯짓을 하면서 주위를 날아다니고 있었다. 안타깝게도 몇몇은 끝내 보이지 않았는데, 아마 날개를 펴는 고통의 순간을 넘기지 못하고 죽거나 사마귀에게 잡아먹힌 것 같다.

나는 모기와 파리 등을 잡아먹으며 하늘을 날아다녔다. 물속에 있을 때에는 돌 틈에 숨어있기만 하면 비교적 안전했지만 넓은 하늘에는 안전한 곳이 없었다. 어디선가 갑자기 덩치 큰 참새가 나타나 친구들을 채가기도 하였다.

그렇게 하늘을 날며 살던 어느 날 나는 내 피 속에 무언가가 흐르는 것을 느꼈다. 그리고 내 마음이 이끄는 대로 한 친구를 만나게 되었다. 우리는 서로를 원하는 것을 몸의 느낌으로 알고 있었으므로 서로 많은 말을 할 필요가 없었다. 우리는 짝짓기를 하고 알을 물가에 뿌리고 있었다.

그런데, 아뿔싸! 서로에게 너무 끌려 주위를 살피지 못한 그 순간 무언가 둔탁하고 끈적끈적한 것이 내 몸을 때리고는 나를 끌고 가는 것을 느꼈다. 내 짝은 다행히 둔탁한 것을 피해 하늘로 날아올랐다. 아! 나는 개구리에게 잡힌 것이다. 개구리 입속으로 들어가는 찰나에 나는 그의 눈을 보았다. 무심한 눈빛이었으나 익숙한 눈빛! 그 친구는 나와 같이 계곡에서 자랐던 이웃이었다.

나는 눈으로 개구리에게 말했다. '너무 미안하게 생각하지는 말게.' 그리고 또 그의 친구들을 잡아먹은 것에 대해서도 눈으로 사과했다. '굶지 않기 위해서는 어쩔 수 없었네.' 내 맘을 아는지 모르는지 그의 눈은 그저 무심했다.

개구리 뱃속에서 내 삶의 끈은 끊어졌지만 이상하게도 내 몸의 마디마디는 다시 살아났다. 이제 나는 개구리가 된 것이다! 나는 그의 근육이 되었다. 그의 눈이 되어 세상을 다시 본다. 내 피는 그의 자양분이 되어 다리를 움직이고.

개구리와 나는 하나가 되었다가 어느 날 참매에게 잡아먹혔다. 그 참매는 멀리 어딘지 모르는 곳을 향해 날아갔다. 개구리와 나는 그쯤에서 우리의 삶에 평화를 주기로 하였다. 생각해 보면 꽤 길고 고단한 삶이었던 것 같다고 생각하며.

한편, 나와 짝짓기 한 친구는 물가에 있다가 쏘가리에게 잡아먹혔다. 그리고 그 쏘가리는 큰물이 났을 때 바다까지 떠내려갔다고 한다. 내 친구는 바닷가 어느 깊은 곳에서 쉬고 있을지 모른다. 우리는 언제 다시 만날 수 있을까? 만나더라도 서로를 알아볼 수 있을까? 영겁의 세월이 흐른 후에 서로를 못 알아본들 어떠리.

기억의 저주

    나는 하늘나라에서 살던 고귀한 존재였다. 하늘나라에서 살았으므로 당연히 죽지 않고 영원히 사는 존재였으며 옥황상제의 집사장을 보조하는 일을 맡았었다. 옥황상제에게는 지옥계나 서쪽 나라 혹은 아랍 쪽 하늘에서 수많은 손님들이 찾아왔기에, 집사장은 늘 분주했다. 집사장을 도와 옥황상제의 접견 스케줄을 짜고 회의 일정을 관리하는 것이 내 임무였다.

    어느 날 나는 옥황상제의 일정을 중복되게 짜는 사소한 실수를 저질렀다. 그 결과 옥황상제는 지옥에서 온 대마왕에게 의전상 결례를 하게 되었다. 대마왕은 보통 때 같으면 하늘나라에 도착하자마자 바로 차 한 잔 하고 접견실에서 옥황상제를 만났을 것이지만, 그날은 먼저 온 옥황상제의 손님이 아직 접견실에 있었기에 대마왕은 대기

실에서 기다려야 했던 것이다.

대마왕은 미안해하는 옥황상제에게 "괜찮습니다. 이런 일이야 흔히 있는 일이지요." 하고 호탕하게 웃으며 넘기는 듯 했지만, 지옥계에 돌아가서는 뒤끝 있는 본색을 드러냈다. 그리고는 자기가 맡은 분야에서 지옥계 규정을 '법대로' 적용하였다. 그래서 그 후 잠시 동안 불쌍한 중생들은 자기들이 저지른 사소한 잘못에 대한 대가로 죽은 후에 엄청 가혹한 처벌을 받았다. 잠시 동안이었지만 지상의 시간으로는 수 백 년에 해당하는 꽤 긴 기간이었다.

그 일이 있은 후에 집사장은 언짢은 표정을 지으며, 일을 똑바로 하라고 나를 질책하였다. 내가 잘못한 일이므로 당연히 질책을 들어야 하는 일이었다. 그런데 그날따라 내 마음도 언짢은 상태였기에 집사장과 가벼운 언쟁을 벌였다. 엄밀하게 따지면 내 잘못이 90%, 집사장 잘못이 10%쯤 되는 일이었던 걸로 기억된다. 아무튼 그 일이 있은 후 나와 집사장은 다소 서먹서먹한 사이가 되고 말았다.

집사장 보조 업무에 지루함을 느끼던 나는 결국 다른 부서로 전출시켜 달라고 집사장에게 요청했다. 그런데 그때는 마침 정기인사가 막 끝난 시점이었기에 결원이 생긴 부서가 없었다. 부속실을 떠날 생각에 사로잡힌 나는 어디로든지 갈 수 있게 해달라고 부탁했다.

집사장은 내게 지상 세계로 연수를 떠나라고 제안하였다. 물론 나는 그 제안을 거절하였다. 비록 집사장 보조이지만, 나는 하늘나라의 고귀한 신분이고 또 영생을 하는 존재인데, 미천하고 비루한 인간세계로 내려간다는 것이 말도 안 된다고 생각하였다. 그랬더니 집사장은 지상의 인간세계에 가더라도 보통의 인간과는 다른 존재로 살 수 있게 해주겠다는 조건을 제시하였다. 즉, 죽더라도 바로 다시 태어나고 또 전생의 기억도 모두 그대로 유지되므로 실제로는 계속 사는 것과 별반 다르지 않을 것이라고 나를 설득하였다.

결국 나는 집사장의 요청을 받아들여 지상세계로 내려왔다. 말이 연수이지 실질적으로는 하방(下方)에 해당하는 조치였다. 나는 히말라야 산중의 조그만 왕국의 왕자로 태어났다. 처음에는 새로운 세상을 구경하는 재미도 꽤 쏠쏠했다. 나는 부모님의 극진한 사랑과 시종들의 보살핌 속에 무난한 성장과정을 거쳤다. 청년기가 되어 이웃나라의 공주와 결혼하였고 자식도 셋을 낳으며 행복하게 살았다. 그때 몽고족이 침입하지만 않았다면 나의 무난한 삶은 그냥 그렇게 쭉 이어졌을 것이다.

몽고족이 침입하면서 왕국의 평화는 깨어졌다. 나는 왕국의 군사를 이끌고 나가서 몽고족의 기병에 맞서 싸웠다. 왕국의 군사들은 용감하게 싸웠다. 그러나 몽고족의 군사는 너무 많았고 또 그들은 하나같이 단련된 정예 기병이었다. 결국 왕국의 군사는 거의 다 죽거나 다치거나 포로가 되었다.

나는 중무장 기병의 집중공격을 받아 수없이 창에 찔리고 화살을 맞았다. 결정적으로 적장이 강궁으로 쏜 화살이 내 목덜미를 관통하면서 내 삶의 끈은 끊어졌다. 그러나 이상하게도 이 때 느낀 죽음의 고통은 그리 크지 않았고, 다만 면도칼에 베이듯 예리한 고통의 느낌만이 아직 남아있다. 나는 잠이 들 듯 나의 첫 번째 죽음을 맞이하였다.

나는 중국의 원나라 황실에서 지상에서의 두 번째 삶을 시작하였다. 처음에는 내가 다시 태어났다는 사실, 그리고 첫 번째 전생에서 내가 히말라야 산중 소왕국의 왕이었다는 사실을 기억하지 못했다. 어렸을 때에는 원나라가 나의 히말라야 소왕국을 무너뜨렸다는 것도 몰랐다. 원나라 황실의 공주인 나는 어느 날 동방의 조그만 속국 고려에서 온 왕자를 만났다. 그의 용모는 조그맣고 볼품없었지만 그윽하고 잔잔한 그의 눈빛은 사람을 끄는 매력이 있었다. 바라보고 있으면 마치 잔잔한 호수를 보는 듯한 느낌을 주었다. 그래서 조그만 배에 그와 같이 올라 노를 저어 호수 가운데로 같이 가고픈 생각이 들게 하였다. 그의 눈빛은 정열적이어서 붉은 태양이나 이글거리는 장작불보다도 더 뜨겁게 느껴졌다. 때로 그의 눈빛이 이글거릴 때에는 차마 그를 바로 바라보지 못하였다. 그의 눈빛이 나를 태울까 겁이 났기에…….

나는 조심스레 그에게 다가갔다. 그도 나에게 조금씩 마음을 열었다. 나중에 안 사실은, 조금 씁쓸하지만, 그는 정략적으로 나에게 다가온 것이라 한다. 그러나 하늘나라의 존귀한 존재였던 내 판단으로는, 적어도 그가 처음부터 그런 생각으로 나에게 접근해 온 것은 아니었을 것이다.

어쨌든 우리는 결혼을 하고 같이 고려로 갔다. 나는 그에게 고려같이 작은 나라에 가느니 원나라 황실에 그냥 머물러 있자고 했지만 그는 고집을 꺾지 않았다. 새로운 곳에서 새 생명을 잉태한 우리 부부는 매우 행복했다. 그러나 그와의 행복은 아주 짧았다. 그의 아이를 임신한 내가 아이를 낳다가 그만 아이와 함께 죽게 된 것이다. 그때의 기억도 비교적 생생하다. 출산과정의 아픔은 오히려 금방 잊혀졌다. 그러나 출산과정에서 죽은 아이에 대한 미안함과 슬픔은 아주 오래갔다.

그렇게 나는 내 두 번째 죽음을 경험한 것이다. 이후에도 여러 번 나는 다시 태어났고 또 다시 죽었다. 그러는 사이에 나는 지상세계에 나름대로 적응해갔다. 웬만한 건 그런대로 참을 수 있었다. 지상

세계의 비천함, 고루함, 비굴함 등등에도 나름대로 적응했다. 다만 참을 수 없는 것은 기억이 되살아나는 순간의 고통과 충격이었다. 어릴 때에는 전생이 기억나지 않아서 그런대로 편하게 살 수 있었다. 그러나 사춘기가 되어 사랑하는 사람을 만나면 전생의 기억이 되살아나며 고통이 시작되었다.

사랑하는 사람과 첫 키스를 하는 순간 전생의 기억들이 살아나기 시작했다. 전생의 기억들이 스멀스멀 기어 나왔다. 그리고 머릿속에는 이내 전생의 기억들이 아주 세세하고 완벽하게 살아났다. 수없이 이루어진 윤회 기간 동안 태어나고 자라고 사랑하고, 그녀, 그들과 나눈 대화가 모두 마치 방금 있었던 일처럼 생생하게 살아났던 것이다. 너무나 괴로운 일이었다. 그리고 비교하는 괴로움도 있었다. 18번째 생에서 만난 그는 키도 작고 또 시원찮게 생기기도 했다, 왕이라는 것 빼고는 별 볼일 없었다.

수십 차례 아픈 경험을 더 한 후에 나는 더 이상 참을 수 없게 되었다. 그래서 죽은 후에 환생을 기다리는 짧은 환승의 순간에 하늘나라의 고위 신에게 면담신청을 했다. "고귀하고 전능하신 신이시여, 이제 기억을 그만 내려놓고 싶습니다." 전능하신 신이 내게 물으셨다. "바로바로 내려놓아도 되겠는가?" 나는 바로 대답하였다. "물론입니다." 그러자 "글쎄, 누구는 치매에 걸리지 않게 해달라고 비는데, 이건 어디에 맞추어줘야 하는지……" 하고 즉답을 피했다. 나는 신에게 두 손을 모아 빌고 또 빌고 몇날 며칠을 계속 빌었다. 덤으로 빈 것은, "하늘나라에서 제가 입던 날개옷도 도로 입고 싶습니다. 지상에서 걸어 다니자니 너무 괴롭고 힘듭니다."

며칠 후에 신이 빙그레 웃으면서 "자네 소원을 들어주면 그대는 대신 무엇을 내놓을 텐가?"라고 물었다. 나는 "자연을 위해 봉사하겠습니다. 가장 낮은 곳에서 다른 생명들에게 조금이라도 도움이 되는 삶을 살도록 하겠습니다."라고 대답했다.

그러자 전능하신 신이 화를 내셨다. "그대가 진정 다른 생명에게 도움이 될 수 있을 거라고 생각하는가? 그대가 허기를 면하기 위해 먹는 밥은 내년에 태어날 푸른 싹의 생명을 앗는 것이고, 다이어트를 위해 먹는 샐러드는 한창 푸르름과 생명력이 가득한 신선한 풀들의 향기를 빼앗고 생명을 단축시킨 것이라는 걸 아는지? 그대가 입안의 부드러움을 위해 구워먹는 차돌박이는, 치열하고 순박하게 살아 온 누렁소의 생명을 앗고 그 살점을 난도질하여 얻은 것임을 진정 아는가? 그대의 입에 등 푸른 생선 몇점이 들어가게 하기 위해, 어부들은 생명력이 넘치는 고등어들을 그물로 걸어 올려 숨막히는 고통 속에 삶을 마치도록 하였다는 걸 아느냐? 또 짭조름한 간고등어 몇 점을 맛볼 수 있게 하기 위해서, 숨 막혀 죽은 고등어에게 다시 소금 속에서 절여지는 고통의 순간을 더 거치게 했다는 것을?"

　나는 대답할 말을 찾지 못하고 그저 황망한 표정으로 엎드려 있었다. 그러자 신은 다소 누그러진 표정으로 말씀하셨다. "그래, 내가 잠시 흥분했구나. 그러나 어쩌랴, 다른 생명을 앗아야만 살 수 있는 게 지상계 존재들의 숙명인 것을. 다른 생명에게 도움이 되겠다는 그런 거창한 생각은 버리도록 해라. 네 생긴 대로 살면 된다. 너무 지나치지만 않으면 되지. 너도 살아야 되니 무언가를 먹어야 할 거고. 그러니 그걸 너무 탓하지는 않으마. 그런 걸로 너를 탓하게 되면 그 다음은 너희 생명을 그렇게 만든 신에 대한 불만만 쌓일 테니까. 아무튼 내 너의 마음을 예쁘게 생각해서 네가 생명의 순환에 조금이라도 도움이 되도록 하마. 인간이 아니라 그런 존재로 태어나 보도록 해라." 이런 말씀을 들으며 나는 스르르 잠이 들었다

　문득 잠에서 깨어 보니 내 몸이 변해 있었다. 날개도 생겼다. 나는 이제 기억의 저주에서 빠져나왔다. 이제는 내 기억은 30초 정도만 유지된다. 누군가가 내 생명을 앗으려고 큰 채를 휘둘러도 생명의 위협을 느낀 절체절명의 순간을 30초 정도만 기억할 수 있다. 그 시간만 지나면 죽음의 공포도, 두려움도 모두 사라지는 것이다. 다시 먹잇감을 찾아 즐겁게 날아다녔다. 삶이 단순하고 담백해 지면서 나의 분신들도 많이 태어났다.

나는 냄새나는 곳, 죽은 자가 있는 곳, 쓰레기가 있는 곳을 찾아내어 다른 생명들을 그곳으로 인도한다. 그리고 죽었거나 썩어가는 존재들이 영원한 안식을 찾을 수 있게 도와준다. 내가 가진 더러움과 병균을 이용해서 그들이 고향으로 돌아가는 걸 돕는 것이다.

우리 종족이 없었다면 지상세계는 쓰레기와 동물의 사체로 넘쳐 났을 것이다. 우리는 가장 낮은 곳, 냄새나는 곳에서 고귀한 업무, 신에게서 위탁받은 업무를 묵묵히 수행하고 있는 것이다. 때로는 우리 몸을 잠자리와 개구리의 먹이로 기꺼이 내던진다. 내 몸이 녹아 그들의 피가 되고 심장이 뛰게 할 수 있다니 얼마나 기쁜 일인가!

모두에게 감사한다. 한편으로는 전생에서 만난 수많은 존재들에게 미안하기도 하다. 그래서 우리는 항상 미안함과 고마움을 표현하며 산다. 앞발은 항상 사죄하는 마음과 고마운 마음으로 부비면서.

비천한 인간들은 아직 깨닫지 못했을 것이다. 하늘나라의 고귀한 존재였던 우리 종족은 아직 날개를 지니고 있어서 높은 곳, 고귀한 곳을 향하여 날아오른다는 것을. 나와 우리 종족은 영원히 고귀한 일을 하며 이렇게 살아갈 것이다.

그냥 넘어지리라
以倒解緣

　나는 아무런 걱정 없이 맛있는 음식을 찾아다니며 즐겁게 살았다. 그날도 먹을 것이 풍기는 구수한 냄새를 쫓아 무의식적으로 누렁소를 쫓아 다녔다. 누렁소가 던져 준 구수한 음식을 어느 정도 먹고 나니 문득 더 맛있고 따스한 음식이 먹고 싶어졌다. 그래서 남은 음식은 다른 이들에게 양보하고 우시장 옆의 국밥집 골목으로 향했다.

　내가 자주 가는 단골 국밥집 근처를 돌아다니며 누군가가 국밥을 시키기를 기다렸다. 마침 우시장에서 거래를 마친 어느 아저씨가 양곰탕을 시키기에 나도 슬쩍 옆에 자리 잡고는 아저씨가 음식을 흘리기를 기다렸다. 이윽고 아저씨가 식사를 마치고 자리를 뜬 후에 나는 잽싸게 흘린 음식으로 다가갔다.

조금 식긴 했지만 구수하고 깊은 양곰탕의 맛을 온전히 즐길 수 있었다. 조금 더 먹을 수 있었을지도 모르겠다. 그때 주인집 아저씨가 내게 잽싸게 파리채를 휘두르지 않았다면…… 순간의 일이었지만 "쾅"하고 둔탁한 충격이 온 몸에 전달되는 느낌은 아직도 기억하고 있다.

환생을 기다리는 환승역에서 신이 내게 잠시 만나자고 하였다. 나는 뇌진탕의 기운이 아직 남아 있었기에 머리가 아팠다. 그래서 조금은 서운한 마음으로 신에게 말했다. "인간들이 무자비하게 우리 종족을 해치는 걸 그대로 놔둘 겁니까?" 그러자 신이 빙그레 웃으며 하시는 말씀, "그래도 독가스의 고통보다는 낫지 않았느냐?" 나는 대꾸하고 싶지도 않은 기분이었기에 신에게 통명스럽게 물었다. "왜 만나자고 하신 거지요?" 그러자 신이 내게 한 가지 부탁을 하였다. "부탁 하나 들어주렴. 그리 어려운 일은 아니다. 그냥 넘어지기만 하면 된다. 대신 이번엔 고통 없이 죽게 해 주마. 그리고 죽은 후에 다시 네가 원하는 존재로 태어나게 해주마."

나도 사실은 파리로 사는 게 조금씩 지루해지고 있었다. 그리고 그전에 나도 신에게 부탁한 적이 있었기에 신의 부탁을 거절할 처지는 아니었다. 또, 거절해 봤자 신의 뜻대로 할 것을 알았기에 나는 신의 부탁을 들어주기로 하였다. 신은 내가 신의 부탁을 들어주는 대가로 다음 생에는 내가 원하는 존재로 태어날 수 있게 해준다고 약속하였다.

신의 부탁대로 나는 중국의 조그만 마을에서 다시 태어났고 자라서 촌장이 되었다. 어느 날 이웃 나라와 전쟁이 일어났다. 나는 가병들을 이끌고 전쟁에 참가했다. 이윽고 전투가 벌어져서 나는 말을 타고 가병들을 이끌고 적진으로 돌격했다. 그런데 나를 태운 말은 자꾸 무언가에 걸리는 듯 휘청거렸다. 그러다가 결국은 말이 넘어지면서 나도 굴러 떨어졌다. 무거운 갑옷 때문에 바로 일어나지 못한 나는 그만 적에게 사로잡히고 말았다. 나는 변변하게 싸워보지도 못하고 사로잡힌 그날에 참수를 당하고 말았다.

그래도 칼잡이의 솜씨가 괜찮아서 별 고통 없이 순간에 모든 것이 끝났다. 아마도 나를 사로잡은 적군 병사에게 신이 무언가 빚진 게 있으셨나 보다. 그래서 그 병사가 공을 세우는 걸 도와주는 방식으로 빚을 갚으려고 내게 부탁하셨으리라 짐작한다. 자기 빚을 갚으려고 죄 없는 엉뚱한 사람이 사로잡히게 할 정도로 무지막지한 분은 아니시니까…….

환승역에서 다시 만난 신이 내게 물으셨다. "그래, 이제 무엇으로 태어나고 싶으냐?" 나는 억새풀로 태어나고 싶다고 하였다. 내 답이

의외였나 보다. "그래?"하시고는 더 이상 묻지 않으셨다. 아니, 어쩌면 내 답의 뜻을 알고 계셨으리라.

아프리카 사반나의 억새풀로 태어난 나는 내게 주어진 삶을 치열하게 살았다. 악착같이 뿌리를 뻗어 한 모금의 물이라도 더 빨아들여 내 키를 키웠다. 주위의 친구들도 모두 쑥쑥 잘 커갔다. 그렇지만 심한 가뭄이 찾아 든 해에 결국 우리는 모두 말라죽었다. 뜨거운 태양이 내리쬐는 대지위에서 우리는 말라 비틀어져 갔다.

말라비틀어진 우리 몸은 바람에 흔들리며 서로 부대끼다가 결국은 불씨가 되었다. 불은 우리의 마른 몸을 삼키고 대지를 뜨겁게 달구며 활활 타올랐다. 그리고는 이내 멀리까지 퍼져 나갔다. 나도 내 몸을 뜨겁게 태웠다. 그리고 기원하였다. '이제 내 몸이 모두 끝까지 타올라 원자의 세계로 돌아갈 수 있기를……' 나는 드디어 모든 연(緣)을 풀어버리고 연기로 흩날렸다.

양떼구름

　　하늘 아주 높은 곳에 하늘나라가 있었습니다. 평화로운 하늘나라의 초원에서는 양들이 무리지어 다니며 한가로이 풀을 뜯었습니다. 하늘나라 신선들은 양에서 갓 짜낸 신선한 양젖을 바로 마시거나 요구르트로 만들어 먹었습니다.

　　하늘나라의 신선들이라도 그냥 놀고먹는 것은 아니었고, 각자 지상의 한 구역을 맡아 관리했습니다. 그중 한 신선은 험한 산과 계곡으로 이루어진 척박한 구역을 맡아 관리했습니다. 그곳에도 물론 사람들이 살고 있었지요. 그곳은 땅이 너무나 거칠고 험한데다가 비도 조금밖에 내리지 않아서 쌀, 보리, 밀 등을 재배할 수 없었습니다. 그래서 사람들은 척박한 땅에서도 잘 자라는 감자와 메밀을 재배해서 감자수제비나 메밀국수를 만들어 먹으며 근근이 살았습니다. 그곳 사람들은 가난한 것을 당연하게 여겼고 큰 욕심도 없었습니다. 아니, 욕심이 무엇인지도 몰랐다는 것이 더 정확한 표현일 겁니다.

이 지역을 맡아 관리하던 신선이 어느 날 사람으로 모습을 바꾸어서 이곳저곳을 순찰하며 돌아다녔습니다. 그러던 중 저녁이 되자 신선은 어느 허름한 집에 저녁 끼니와 잠자리를 신세지게 되었습니다. 그 집은 엄마와 소년만 있는 집이었습니다. 저녁 식사로 두 사람이 겨우 먹을 만큼의 감자 수제비를 준비하던 엄마와 소년은 처음에는 조금 난감해하다가, 곧 환한 미소를 띤 얼굴로 나그네, 아니 나그네로 변장한 신선을 맞이했습니다. 그리고는 곧 두 사람이 먹으려던 감자 수제비를 세 그릇에 나누어 담고, 같이 먹자고 청했습니다.

신선은 모른 체하고 감자 수제비를 맛있게 먹었습니다. 그러면서 장난기가 발동해서 너무나 배가 고픈 듯이 허겁지겁 수제비를 먹었습니다. 그 모습을 지켜 본 소년이 말했습니다. "무척 배가 고프셨네요." 그러면서 소년은 자기 그릇에서 수제비 두 점을 덜어서 나그네의 그릇에 담아 주었습니다. 나그네는 사양하지 않고 두 점을 맛있게 먹어치웠습니다. 그랬더니 이번엔 소년의 엄마가 "무척 시장하셨군요." 하면서 수제비 두 점을 덜어서 한 점은 나그네에게 주고 한 점은 소년에게 주었습니다. 그러자 소년이 "배불러요"하며 수제비를 다시 엄마 그릇으로 옮겨놓았습니다. 그 모습에 신선은 속으로 흐뭇해하며 미소를 지었습니다.

다음날 아침 신선은 엄마와 소년에게 말했습니다. "덕분에 저녁도 잘 먹고 잘 쉬었습니다. 고맙습니다. 저도 무언가 보답을 하고 싶은데 가진 것이 없어서……" 하며 말꼬리를 흐렸습니다. 그러자 소년과 엄마는 순박하게 웃으며 "괜찮아요."라고 대답하고는 감자밭으로 일하러 나갔습니다. 같이 걸으며 엄마가 소년에게 말했습니다. "얘야, 하늘을 보렴. 오늘따라 하늘의 구름들이 몽실몽실 귀엽지 않니?" 그 구름은 사실은 하늘나라 양 떼의 그림자가 비친 것이었습니다.

하늘나라로 돌아간 신선은 지상에서 있었던 일을 옥황상제에게 보고했습니다. 그리고는 자기가 맡은 구역에는 아무런 문제가 없고 사람들도 순박하며 순수함이 유지되고 있다고 보고했습니다. 사실 신선들에게 땅을 맡아 관리하게 하는 데에는 이유가 있었습니다. 그 것은 땅의 정기가 하늘나라에도 영향을 미치기 때문이었습니다. 땅에 사는 생명들이 나쁜 기운에 오염되면 땅의 기운도 더러워졌고, 더러워진 땅의 기운은 바로 하늘나라에도 나쁜 영향을 미쳤습니다. 그래서 하늘나라의 옥황상제는 신선들에게 땅을 맡아서 관리하게 한 것이지요. 소년과 엄마가 사는 땅은 순수함과 따뜻함이 잘 유지되는 곳이었고 그 기운은 오래도록 하늘나라에 좋은 영향을 미칠 것이었습니다. 그래서 옥황상제는 크게 기뻐하며 맡은 일을 잘 수행하고 있는 신선에게 상을 내리려 했습니다.

옥황상제가 신선에게 말씀하셨습니다. "그대의 공이 크도다. 그대에게 상을 주고 싶은데 무엇을 주면 될까?" 신선은 욕심이 없었던지라 사양하였습니다. 그리고 "땅의 정기가 순수하게 유지된 건, 저의 공이 아니옵고 단지 그곳에 사는 사람들이 순수함을 유지하였기 때문입니다."라고 아뢰면서 소년과 엄마에게 신세진 이야기도 곁들였습니다. 그러자 옥황상제가 말씀하셨습니다. "오, 그런가? 그럼 그들에게 상을 주면 되겠구나. 무엇을 주면 좋을꼬?" 신선은 잠시 생각하다가, 엄마가 소년에게 이야기한 구름에 생각이 미쳤습니다. 그래서 옥황상제에게 말씀드렸습니다. "그곳의 엄마와 소년이 구름을 예뻐하는 것을 알고 있나이다. 양 떼를 조금 내려주심이 어떠신지요?"

옥황상제는 신선의 청을 받아들였습니다. 그래서 하늘나라 양 떼의 일부를 계곡으로 내려 보냈습니다. 단, 지상에서는 척박한 땅에서 풀을 찾아야 했기에 거기에 맞게 양들의 성질을 조금 더 강인하게 바꾸었답니다. 그때부터 계곡의 사람들은 감자와 메밀 농사를 짓는 한편, 양을 키우며 살았습니다. 감자와 메밀만 먹다가 이제는 신선한 양젖도 먹게 되어 생활형편도 아주 좋아졌습니다.

양들은 순했습니다. 그래서 새끼 양을 낳은 후에 사람들이 젖을 훔쳐가도 크게 화내지는 않았습니다. 또 거친 땅에서 잡초들을 잘 찾아먹었습니다. 하늘나라에서 내려왔기에 양들의 눈빛은 그윽하고 깊었습니다. 자세히 들여다보면 하늘나라로 이어지는 통로를 찾을 수 있을 것 같은 느낌을 주었습니다. 양들은 죽은 후에는 제 몸을 내주어 계곡 사람들의 배고픔을 달래주었고, 또 가죽과 털을 내주어서 겨울의 혹독한 추위를 견딜 수 있게 해 주었지요. 계곡 사람들은 양들에게 고마워하며 나름대로는 양들을 아끼고 사랑하며 행복하게 살았답니다. 물론 양젖은 계속 훔쳤지만요.

양떼가 계곡에 온 지 어언 수백 년이 흘렀습니다. 그 사이에 계곡에 사는 사람들의 삶의 방식도 많이 바뀌었습니다. 사람들의 살림 형편은 양을 키우면서 크게 나아졌습니다. 이제 많은 사람들이 양을 키우며 살게 되었습니다. 그러면서 집집마다 조금씩 형편에 차이가 나기 시작했습니다. 마을 근처에 다소 기름진 땅을 가지고 있는 사람들은 다른 사람들보다 양을 조금 더 키울 수 있었고 그래서 살림살이 형편도 조금 나았습니다.

마을 근처에 땅이 없는 사람들은 계곡 멀리까지 가서 양을 키워야 했습니다. 집에서 멀리 떨어진 곳까지 양을 몰고 가야 했기에 양 치는 사람들은 다리도 아프고 삶은 고달팠습니다. 물론 땅이 척박해서 풀도 얼마 자라지 않았기에 키우는 양의 수도 적었고요. 거기에다가 계곡에는 늑대와 독수리들이 살았습니다. 그들은 호시탐탐 노리다가 기회가 생기면 바로 양들을 채갔습니다. 그래서 사람들은 애써 키운 양을 늑대나 독수리에게 빼앗기기도 했지요. 그렇지만 늑대와 독수리도 먹고 살아야 하기에, 사람들도 양 몇 마리 정도는 잡아 먹히겠거니 하고 생각했습니다.

양을 키우고 양젖을 먹게 되면서 소녀와 소년들이 만나서 사랑하는 풍습에도 변화가 생겼습니다. 척박한 땅이었지만 봄이 되면 어김없이 대지에 푸르름이 찾아 왔습니다. 그때쯤 마을에서는 나이가 적당히 찬 소녀와 소년들이 모여서 서로의 짝을 찾는 축제가 열렸습니다. 이때가 되면 소녀와 소년들의 가슴은 한없이 부풀었지요. 하지만 축제는 의외로 단순한 형태였습니다. 사람들의 삶이 양에 크게 의존하게 되면서 양과 관련된 행사가 많이 열렸습니다. 양털 빨리 깎기 대회가 열려서 제일 빨리 깎은 사람에게는 커다란 양을 상으로 주었습니다. 양젖 빨리 마시기 대회도 열렸지요.

축제의 꽃은 소녀와 소년들이 만나는 행사였습니다. 마을 가운데에는 종이 있었습니다. 촌장은 축제의 분위기가 무르익었다고 생각되면 종을 울렸습니다. 그러면 소년들은 각자 자기가 키우는 양에게 달려가 양젖을 짰습니다. 그리고는 갓 짠 신선한 양젖을 그릇에 담아 가지고 와서 마음에 드는 소녀에게 내밀었습니다. 그러면 소녀는 마음에 드는 소년이 그릇을 내밀면 양젖의 향을 맡아보고 양젖이 든 그릇을 받아 들면 되는 것이었습니다. 소년이 마음에 들지 않으면 가볍게 사양하는 손짓을 하면 되었습니다.

마음씨는 착하지만 집안 형편은 별로 좋지 않은 어떤 소년이 있었습니다. 그 소년도 해마다 축제에 참석했지요. 해마다 마음에 드는 소녀에게 양젖으로 마음을 표현하려 했지만 몇 해 동안은 변변한 기회조차 없었습니다. 소년은 마을에서 멀리 떨어진 곳에서 양을 키우고 있었습니다. 그렇기에, 양젖을 짜서 마을로 돌아왔을 때에는 소년이 마음에 두고 있던 소녀는 이미 다른 소년의 양젖을 받아들인 후였지요.

그 해 축제에서도 마찬가지였습니다. 소년이 양젖을 짜서 돌아왔을 때, 소녀들은 이미 모두 자기 짝이 될 소년을 선택한 후였습니다. 단 한명, 촌장의 딸만 아무도 선택하지 않고 있었습니다. 사실 촌장의 딸은 마음씨가 곱기로 소문이 자자한 소녀였습니다. 거기에다가 촌장의 딸은 아주 예뻤습니다. 도도하고 기품이 넘쳐서 보통의 소년들은 감히 양젖을 내밀 생각조차 하지 못했지요. 몇몇 소년들이 양젖을 내밀었지만, 물론 보기 좋게 거절당했지요. 촌장의 딸은 우아한 미소를 띠고 소년을 바라보았지만, 소년은 감히 양젖을 내밀어

볼 생각도 못하고 그냥 발길을 돌렸습니다.

소년은 발길을 돌려 자기가 키우는 양떼에게로 터덜터덜 돌아갔습니다. 몇 해 동안 계속 사랑하는 짝을 찾지 못해 가슴이 많이 아팠습니다. 그래서 바로 양떼에게 가지 않고 계곡에서 하늘을 바라보며 생각에 잠겼습니다. 그러다 보니 시간이 꽤 많이 흘렀습니다. 그 사이 항아리에 담긴 양젖에 미세한 변화가 생기기 시작했습니다. 양젖이 몽글몽글 조그만 덩어리로 뭉치기 시작한 것입니다. 소년은 처음에는 양젖이 상해서 그렇겠거니 하고 생각했습니다. 그래도 양젖을 그냥 버리기가 아까워서 조금 먹어보니 그런대로 먹을 만 했습니다. 게다가 갓 짠 양젖에는 없는 은은하고 꼽꼽하며 깊은 향도 났습니다.

소년은 양젖에 생긴 변화를 신기해하며 계속해서 양젖을 저어보았습니다. 그랬더니 몽글몽글한 조그만 덩어리들이 서로 뭉치면서 이내 큰 덩어리 형태를 갖추기 시작했습니다. 소년이 그 덩어리를 건져서 조금 먹어보니 향기롭고 신비하며 은은한 향이 났습니다. 소년은 생각했지요. '그래, 이거다!' 이후 일 년 동안 소년은 양젖 덩어리가 더 좋은 맛을 내도록 하는데 힘을 기울였습니다. 많은 실패를 거치면서, 양젖 덩어리가 더 좋은 맛과 향을 내는 방법을 찾았습니다.

다음 해에도 축제는 어김없이 열렸습니다. 축제의 분위기가 무르익자 촌장이 종을 쳤고 여느 때와 마찬가지로 소년들은 양젖을 짜러 달려갔습니다. 소년들이 자기가 짠 양젖을 가지고 돌아와서 소녀들에게 구애를 하고, 여느 해처럼 그런 과정으로 축제로 진행되었습니다.

소년은 양젖을 짜는 대신 자기가 만든 조그만 양젖 덩어리를 항아리에 담아가지고 돌아왔습니다. 소년이 돌아왔을 때에는 이미 다른 소년과 소녀들은 짝 찾기를 마친 상태였습니다. 물론 단 한명 촌장의 딸만 빼고. 소년은 양젖으로 만든 덩어리가 들어있는 항아리를 소녀에게 내밀었습니다. 소녀는 항아리에서 나오는 향을 맡고 이내 그 항아리를 소년에게서 받아 자기 품에 꼬옥 안았습니다. 소녀도 양젖 덩어리의 향에 반했습니다.

주변의 사람들은 박수를 치며 자기 일처럼 기뻐했습니다. 그때였습니다. 마을 부호의 아들이 촌장에게 이의를 제기했습니다. "촌장님, 이건 규정 위반입니다. 양젖으로 경쟁해야 하는데 이상한 음식으로 경쟁하는 것은 불공정합니다. 이건 무효입니다. 공정한 경쟁을 하게 해 주십시오."

마을 부호의 아들도 촌장의 딸을 사모하여 여러 번 구애를 하였지만 받아들여지지 않았었습니다. 그런데, 소녀가 볼품없는 소년을 선택한 것입니다. 촌장은 마을 부호 아들의 이의제기가 타당한 근거가 있다고 생각했지요. 게다가 사실 촌장도 그 소년이 썩 마음에 들지는 않기도 했구요. 그런데 자기 딸의 표정을 보고는 이내 생각을 바꾸었습니다. 소녀는 너무나 행복한 표정으로 항아리를 안고 있었습니다. 그래서 어떻게든 자기 딸의 의견을 존중하고 싶었습니다. 나름 열린 마음을 지닌 아버지였던 거지요. 잠시 생각에 잠기었던 촌장은 다음과 같이 말했습니다. "그래, 자네의 의견도 일리는 있네. 그런데 양젖으로만 경쟁해야 한다는 법은 우리 마을 법 어디에도 없다네. 그리고 공정한 경쟁을 하려면 양젖 짜는 곳까지의 거리도 다 같아야 하는데 자네 목장은 여기서 제일 가까운데 있지? 지금까지 자네 집안은 여러 가지 득을 본 셈인데 그건 어찌 할 셈인가?" 부호의 아들은 대답할 말이 없었습니다.

촌장은 마을 사람들에게 제안했습니다. "이제부터는 양젖뿐만 아니라 다른 음식이나 물건으로도 소년들이 마음을 전할 수 있도록 합시다, 어떻소?" 물론 마을 사람들 중 다수가 찬성을 했습니다. 그때부터 소년들은 다양한 방식으로 자기의 사랑을 표현할 수 있게 되었습니다. 어떤 소년은 초콜렛을, 어떤 소년은 말린 풀로 만든 꽃다발을, 또 어떤 소년은 개울가의 반짝이는 예쁜 돌로 만든 반지를 좋아하는 소녀에게 주었습니다. 그리고 축제에서는 양젖 아닌 다른 음식들도 먹게 된 것이지요.

한편, 소년은 자기가 개발한 양젖 덩어리 만드는 비법을 마을사람들에게 알려 주었습니다. 그때부터 마을 사람들은 양젖 덩어리를 만들어서 두고두고 먹을 수 있게 되었습니다. 남은 양젖 덩어리는 다른 마을에 팔기도 하였고, 빵 위에 얹어 구워 먹기도 하였습니다. 양파와 소시지도 같이 얹어서. 그리고 먼 길을 갈 때에 양을 데리고 가는 대신에 양젖 덩어리만 가지고 가면 되었기에 여행도 아주 편리해졌습니다.

뱀파이어

　나는 원래 지옥계의 대마왕으로 수많은 만행을 저지르며 악명을
떨치고 있었다. 그러던 어느 날 문득 나의 행동에 염증을 느끼고 무
자비한 악행을 멈추었다. 그리고 지난날을 반성하고 속죄하는 마음
으로 선행을 베풀기 시작하였다. 어느덧 억겁의 세월이 흘렀고, 다
행히 나는 지난날의 과오를 모두 용서받았다. 나는 지하세계의 장수
로 거듭나서 염라대왕의 두터운 신임을 받았다.

　그때 지상계는 그야말로 아수라장이 되어 있었다. 봉인된 관에서
탈출한 드라큘라 백작은 뱀파이어 군단을 조직하여 인간과의 전쟁
에 들어갔다. 지상계에는 뱀파이어들이 넘쳐났다. 뱀파이어와 전쟁
을 치르면서 인간 세상은 더욱 타락했다. 그래서 사악하고 악랄한
인간들이 넘쳐나게 되었다. 사람들이 죽은 후에 그들의 생전의 삶을

평가하고 잘못을 벌주는 염라대왕의 업무가 크게 늘어난 것은 물론이다. 과중한 업무에 시달리던 염라대왕은 마침내 결단을 내리시고 내게 뱀파이어들을 퇴치하라고 명하셨다. 명령을 받은 나는 지하세계를 떠나 곧바로 지상으로 올라왔다.

내 임무는 뱀파이어들을 퇴치하고 그들의 두목인 드라큘라 백작을 붙잡아 다시 관 속에 봉인하는 것이었다. 나는 여리고 이쁜 여인의 모습으로 변하여 목덜미 부분을 약간 노출시킨 채 밤길을 걸으면서 뱀파이어들을 유인하였다. 활동 시기는 주로 여름이었다. 왜냐하면 미끼로 내 목덜미를 노출시켜서 뱀파이어들을 유인해야 했기 때문이다.

뱀파이어들은 수시로 나를 공격했다. 내 목덜미를 무는 순간 뱀파이어들은 내 몸속으로 빨려 들어갔다. 뱀파이어들은 내가 미끼임을 알면서도 본능과 피의 굶주림 때문에 어쩔 수 없이 계속 공격했고, 그때마다 나에게 빨려들었다. 꽤 오랜 동안 부지런히 뱀파이어들을 빨아들인 덕분에 지상계에 있던 뱀파이어들은 거의 모두 나에게 흡수되었다.

드디어 드라큘라 백작과의 운명적 대결이 이루어졌다. 나는 내가 가진 극강의 무기인 지옥계의 불채찍으로 맞섰고 그는 차갑고 예리한 백련강철검으로 맞섰다. 치열한 격투가 이어졌고 결국 둘 다 치명상을 입었다. 드라큘라 백작은 내가 휘두른 불채찍에 몸통을 맞고는 상처를 치유하기 위해 자기 관 속으로 퇴각했다. 이제 그는 상처 치료를 마치려면 천년 동안 관에 머물러 있어야 한다. 그래서 일단 천년 동안은 그의 만행을 막을 수 있게 된 것이다.

그렇지만 그는 마지막 순간에 혼신의 힘으로 백련강철검을 휘둘렀고, 예리한 검강이 내 가슴과 목을 관통했다. 불같이 뜨거우면서 사금파리 조각에 베이듯 차갑고 날카로운 고통이 온 몸으로 퍼지는 것을 느끼며, 나는 검고 깊은 호수에 떨어졌다. 내 안에 봉인된 뱀파이어들도 나와 같이 영원히 호수 속에 잠길 운명이었다.

그때였다. 서쪽 나라의 신(神)이 자비로운 모습을 드러내셨다. 그리고 수많은 반생명(半生命)들에게 자비를 베풀었다. 내 몸속에 봉인되어 있던 뱀파이어들은 하나씩 둘씩 목과 가슴의 상처를 통해 기어 나와서 새 생명을 얻은 것이다. 물론 뱀파이어의 거친 마성(魔性)은 거의 사라졌고, 또 사람에게 치명적인 상처를 입힐 힘도 이제는 없었다. 그렇지만 피를 빠는 습성은 버릴 수 없었나보다. 그리고 피를 빨기 위해 밤하늘을 날아다닐 때 내는 기분 나쁜 괴성은 지금도 마찬가지이다. "애앵~"

그들은 지금도 목덜미를 드러낸 사람을 보면 그냥 지나치지 못하고 피를 빨기 위해 그들의 단검을 목덜미에 깊숙이 찔러 넣는다. 설사 그것이 그들 생의 마지막을 재촉하더라도. 여름밤을 좋아하는 뱀파이어의 습성도 그대로 닮았다.

나는 신(神)의 보살핌으로 상처를 치유하고 지하세계로 돌아갔다. 내가 흘린 피는 연기가 되어 날아갔다. 뱀파이어의 환생들은 아직도 내 피가 변한 연기를 아주 싫어한다고 한다. 환생한 뱀파이어들은 냄새나는 목덜미를 특히 좋아한다고 한다. 그래서 그렇게 전해졌나보다. 뱀파이어의 환생들에게 물리지 않으려면 목과 팔 등을 깨끗이 씻어야 한다고.

그리운 고향

내 고향은 이제는 아스라한 꿈속에서나 갈 수 있는 아득히 먼 거인족의 파라다이스이다. 그곳에는 순수한 마음과 영혼을 가진 거인족 천사들이 살고 있었다. 나는 그중 한 천사의 귀여움을 받으며 살았다. 그 천사는 머나먼 세상의 갖가지 신비한 이야기들을 나에게 들려주기도 하고, 때로는 지옥 불에 떨어진 존재들의 처참함에 대해서도 들려주었다. 그런 이야기를 듣고 나면 며칠씩 무서움에 떨기도 하였다.

나는 거인들 사이에서 귀여움을 받는 마스코트였다. 거인족이 살고 있는 파라다이스 이곳저곳을 마음껏 돌아다니며 삶의 희열과 안온함, 행복을 누렸다. 사실 그때는 내가 행복하다는 사실도 잘 몰랐으며 온 세상이 그러한 열락으로 가득 차 있다고 막연하게 생각했었다. 나중에서야 세상이 그렇지 않다는 것을 알게 되었고 다시 파라다이스로 돌아가기를 열망하였으나 그때는 이미 때가 늦었으니…….

거인족 파라다이스에 있을 때의 내 모습은 조그만 멧돼지를 연상하면 될 것이다. 귀여운 송곳니가 앙증맞게 나와 있었다. 나의 친구이자 주인은 때때로 내 송곳니를 부드럽게 쓰다듬어 주곤 하였다. 나는 파라다이스의 연못가에 있는 은색 진흙탕에서 진흙 목욕을 즐겼다. 어떤 때는 진흙 속에서 낮잠을 자기도 하였다.

그날은 파라다이스의 분위기가 다른 날과 달랐다. 정원을 관리하는 천사들도 무언가에 정신을 빼앗긴 듯 넋이 나가 있었다. 그랬다. 천국과 지옥의 전쟁이 그날 시작된 것이었다. 천국에서 쫓겨나 지옥으로 추방된 루시퍼와 그 일당들은 억겁의 세월동안 복수를 꿈꾸며 전쟁 준비를 하고 그날 천국에 대해 선전포고를 한 것이다. 파라다이스의 천사들과 몸집이 큰 동물들은 천국 군대에 징발되었다. 나는 몸이 작아서 징발대상에서 제외되었다. 그러나 나의 주인은 얼마나 오랜 기간 계속될지 모르는 전쟁에 나를 데리고 가고 싶어 했다. 아마도 피비린내 나는 전쟁터에서 외로움을 쫓고 마음의 위안을 얻으려 했던 것 같다.

주인천사가 나를 찾았을 때 나는 막 진흙 목욕을 마치고 기분 좋게 잠을 청하려는 참이었다. 나는 짐짓 잠든 체 하고 가만히 진흙 속에 웅크리고 있었다. 주인 천사는 간절한 목소리로 나를 찾았다. 지금 생각해보면 내가 어디 있는지 알았을 것이고, 잠들지 않았다는 것도 알았을 것이다. 천사이므로. 그러나 나는 언제 끝날지 모르는 전쟁터에 나가는 것이 너무도 무서웠고, 또 파라다이스를 떠나는 것에 대해 막연한 불안감을 느꼈다. 주인 천사는 더 이상 지체할 수 없어 전쟁터로 떠났고 나는 스르르 깊은 잠에 빠져들었다. 그런데 이 광경을 파라다이스의 최고책임자인 대천사가 보고 있었던 것 같다.

다음에 내게 일어난 일들은 자세히 이야기하기가 좀 부끄럽고 주저된다. 대천사는 나를 괘씸하게 생각하고 그대로 진흙 속에 영원히 잠들게 하였다. 한편, 주인 천사는 악마들과의 전쟁에서 용감히 싸워 큰 공을 세웠으나 치명적인 부상을 당하여 천사로서의 삶을 마치게 되었다. 주인 천사는 영혼이 스러지는 순간에 대천사에게 마지막 힘을 다하여 나를 부탁하고 떠났다. 대천사는 나를 여전히 괘씸하게 생각하였으나 주인 천사의 부탁을 차마 외면할 수 없었나 보다. 나를 잠에서 깨우면서 아래의 세속 세계로 쫓아 보냈다.

나는 은색 진흙 속에서의 오랜 잠에서 깨어났다. 나는 힘들여 몸에 묻은 진흙을 털어냈다. 그러나 얼굴은 잠들면서 진흙 속에 너무 오래 파묻혀 있어선지 진흙덩어리에서 잘 떨어지지 않았다. 억지로 진흙 속에 파묻힌 얼굴을 떼어 내는 동안에 내 코는 그만 길게 늘어나 버렸다! 어쩌나!

은색 진흙을 털고 나서 본 세속은 파라다이스와는 너무도 다른 세계였다. 힘없이 주변을 어슬렁거리며 보니 이곳의 동물들은 천국의 동물들과는 너무나 비교되게, 남루하고 천박하고 야비하게 느껴졌다. 그리고 또 나는 내 몸에 큰 변화가 생긴 것을 발견했다. 세속에서의 나는 주변의 다른 어떤 동물들보다도 큰 덩치를 가지고 있었다. 뽀얗던 내 피부는 진흙같이 거친 피부로 변해있었다. 그런데 진흙 덩어리에서 얼굴을 떼어 내다 늘어난 코는 나름대로 쓸모가 있었다. 물을 마실 때나 먹이를 먹을 때 비굴하게 얼굴을 숙이지 않아도 되었다. 큰 코를 높이 치켜세우면 어느 누구도 감히 내게 도발할 생각을 하지 못했다. 나는 깨달았다. 이 모든 것이 대천사의 조그만 (나에게는 무척 큰) 배려였다는 것을.

지상에서의 삶은 무척 고단하지만 그런대로 견딜 만하다. 가끔 내 어금니를 노리는 밀렵꾼들의 위협과 사람들에게 붙잡혀 서커스단에서 강제 노동을 하는 것을 빼고는. 그래도 나의 마음속에는 그리움이 있다. 내 고향 거인족의 파라다이스로 돌아가고 싶다.

이야기를 덧붙이자면, 거인족 파라다이스에 살다가 천국과 지옥의 전쟁에 출정한 천사들 중에 많은 수의 천사가 용감히 싸우다 전사했다. 그리고 그들은 대천사와 고귀한 신의 배려로 인간 세상에 고귀한 신분으로 다시 태어났다. 부처(싯다르타)의 어머니도 거인족 파라다이스의 여자천사였는데 여전사로 참전했다가 전사한 후에 인간으로 환생한 것이다. 그녀는 부처를 임신했을 때 코끼리가 몸으로 들어오는 꿈을 꾸었다고 전해진다. 그런데 사실은 거인족 파라다이스에서 우리들을 가슴에 안고 지냈던 일과 고향에 대한 그리움을 꿈꾼 것이다. 대천사와 고귀한 신의 계획에 의해 우리에 대한 모든 기억, 꿈과 생각이 지상의 코끼리로 바뀐 것이다.

거북이의 비밀

　사람들에게 나는 느린 동물로 알려져 있다. 그렇지만 나는 지상계의 어떤 동물보다도 빠르다. 다만 그 빠름을 드러내지 않고 있을 뿐이다. 신과의 약속을 지켜야 하기 때문이다.

　내 고향은 천상계이다. 나는 옥황상제와 천상계를 지키는 천군(天軍)의 책임자였다. 지옥계와의 전쟁에서 내가 큰 공을 세우자 옥황상제는 어떤 무기도 뚫을 수 없게 견고하고 가벼운 방패를 내게 선물하였다. 나는 방패를 항상 몸에 지니고 다녔다. 나는 자유자재로 몸의 크기를 조절할 수 있었으며 공중을 빛에 버금가는 빠른 속도로 날아다닐 수도 있었다.

　천상계와 지옥계의 억겁에 걸친 전쟁은 마침내 천상계의 승리로 막을 내렸다. 자비로운 옥황상제는 지옥계에 대해 가혹한 징벌을 내리지는 않고 비교적 가벼운 징벌을 내리셨다. 지옥계 책임자들의 품계를 한 단계씩 강등시켰으며, 실무자들에게는 3개월 정직에 보너스 회수 정도의 가벼운 처벌을 내리셨다.

자비로운 옥황상제는 천상계와 지옥계의 평화가 지속되기를 염원하셨다. 그래서 전쟁에 진 지옥계의 수장들을 천상계로 불러 위로연도 베풀어 주셨다. 그 위로연이 내 삶에 크나큰 변화를 가져올 줄을 나는 미처 몰랐다.

위로연에서 천상의 도화주(천 년 묵은 복숭아로 담근 술)를 취하도록 마신 지옥계의 어느 장수가 술주정을 하며 분위기를 흐트러뜨렸다. 그러더니 큰 소리로 떠들며 천상계와 옥황상제의 존엄을 모독하였다. 나는 이를 그냥 두고 볼 수 없어 가볍게 말로 주의를 주었다. 그러자 그 지옥계장수는 지옥검을 들어 상을 내려치며 행패를 부리기 시작하였다. 나는 천검으로 그자에 맞서서 지옥검을 휘두르는 그자의 팔을 베었다. 그것으로 잠시의 혼란은 수습되었다.

문제는 그 다음이었다. 지옥계 장수들은 일제히 술 취한 자에게 행한 내 처사가 지나치다면서, 나를 처벌하지 않으면 평화협정(사실은 그들의 항복)을 파기하겠다고 적반하장의 억지 주장을 하기에 이르렀다. 난감한 상황에서 옥황상제는 나와 면담을 하였는데, 잠시 천상을 떠나 지상계에 머물러 줄 것을 내게 부탁하셨다. 옥황상제의 간절한 눈빛을 본 나는 차마 거절할 수 없었다. 지옥계와의 새로운 전쟁이 지상계와 천상계의 보통의 삶에 미칠 피해를 우려하는 그분의 마음을 너무나 잘 이해했기 때문이었다.

그렇지만 내 소임을 정당한 절차에 따라 집행한 것이기에 나는 당당함을 잃지 않았다. 옥황상제도 그 점을 잘 알고 계셨다. 그래서 나는 옥황상제가 내게 하사하신 방패를 그대로 가지고 지상계로 내려올 수 있었다. 자유자재로 날 수 있는 능력, 그리고 몸 크기를 자유자재로 조절할 수 있는 능력도 그대로 가지고 지상계로 내려가도록 허락되었다. 다만 내 능력이 지상계의 인간이나 다른 동물에게 발각되면 안 된다는 조건과 함께. 그 후로 수만 년 동안 나는 지상계에 살고 있다. 다른 동물이나 인간과는 달리 내 후손들은 수천 년까지도 살 수 있다. 그것은 천상계의 영험한 기운이 아직도 나와 내 후손의 몸에 남아 있는 덕택이다.

그런데 살다보니 지상계도 그런대로 살만한 곳이고, 또한 주변 동물들과의 친분도 쌓여갔다. 그래서 요즘 나의 고민은 옥황상제가 다시 천상계로 올라오라고 하면 갈 것인가 말 것인가이다.

처음 지상계에 내려왔을 때에는 옥황상제에 대한 서운함이 조금은 마음속에 남아 있었다. 그런데 지상계에서 수만 년을 지내는 사이에, 이것도 전지전능하신 옥황상제의 배려임을 알게 되었다. 천상계와 지옥계의 전쟁과정에서 옥황상제는 지상계에 대해 미처 신경을 쓸 틈이 없었다. 그 결과 지상계에는 사악함이 넘쳐나고 야비함이 판쳤으며, 우직함이 조롱받는 세상이 되어버렸다. 서쪽 극락에 계시던 부처님은 이를 심히 걱정하셨으며, 그래서 솔선수범의 자세로 지상계에 우직함, 선의, 한결같음의 의미를 보여줄 수 있는 장수를 파견해달라고 옥황상제에게 부탁하셨다.

옥황상제는 고민 끝에 나를 보내기로 결정하셨던 듯하다. 다만 지상계로 나를 보내는 것이 마음에 걸려서 직접 지상계로 내려가라고 말씀하시기보다는, 지옥계 장수가 말썽을 부리면 그것을 내가 보고만 있지는 않을 것임을 알고 상황을 그리 유도하셨을 것이다. 그리고는 그러한 상황이 못내 미안하셔서 천군의 방패는 그대로 지닐 수 있게 해 주셨고 몸도 자유자재로 조절할 수 있고, 신과 같이 장수하도록 하신 것이다. 또한 수만 년 후 천상계로 복귀할 수 있는 옵션도 부여하셨다.

지상에 내려오면서 방패는 내 몸을 감싸는 형태로 변하였다. 그래서 방패에 갇힌 내 몸은 천상계에서처럼 자유자재로 늘리거나 줄일 수 없다. 다만 방패가 감싸지 않은 목 부분은 지금도 자유자재로 길이를 조절할 수 있다. 내 눈은 천국에서와 같이 맑고 그윽하며 자세히 들여다보면 천국의 메시지도 읽을 수 있다. 다만 어리석은 인간들이 깊은 곳에 다다르지 못하는 것일 뿐.

이야기의 덤으로 나와 토끼의 경주에 대한 이야기를 덧붙인다. 이솝의 우화에 대해서는 모두 잘 알고 있으리라 생각한다. 나보다 빠를 거라고 자만한 토끼가 어느 날 달리기 시합을 나에게 제안한다. 그리고 시합 도중에 자만에 빠져 쉬다가 잠이 들고 그 사이 내가 토끼를 추월해서 이긴다는 내용으로 알려져 있다. 이 이야기는 이솝이 어린이들에게 꾸준한 노력의 중요성을 알려주기 위해 지어낸 것으로 알려져 있다.

그런데 나와 토끼의 시합은 실제로 열렸었다. 이솝이야기는 실제 경주를 기록한 것이다. 그 시합의 심판이 바로 이솝이었다. 보다 정확하게는 누가 빨리 목표 지점에 도착하는가에 대한 시합이었다. 이 시합에 대한 계약서를 보면, 꼭 달려야 한다는 조항은 없고 다만 목표 지점에 먼저 도착하는 자가 승리한다는 규정뿐이다. 계약서 사본은 지금도 내 갑옷 속에 보관하고 있다.

나보다 빨리 달려 나간 토끼가 도중에 잠이 든 것은 사실이다. 토끼가 잠든 틈을 이용하여 나는 공중 비행술로 전광석화와 같이 빠른 속도로 날아갔다. 아마 이솝도 내가 날아가는 모습을 보지는 못했을 것이다. 목표 지점에 가까이 가서 나는 땅으로 내려와 기어갔는데 이를 이솝이 본 것이다. 그래서 이솝은 내가 부지런히 기어 온 것으로 착각을 하였다. 내가 날아다닐 수 있다는 사실을 미리 알려 주지 않은데 대해서는 토끼에게 살짝 미안하다. 그런데 날아다닐 수 있는 능력을 남에게 들키지 않아야 한다는 것이 옥황상제와의 약속이었기에 말할 수 없었다. 그리고 내가 부지런히 기어왔다고 알고 있는 것이 어린이들에게 교훈이 될 수도 있다고 생각하였기에 더더욱 말할 수 없었다. 어떤 경우든 토끼처럼 중간에 낮잠을 자는 건 어린이들에게 별로 권하고 싶지 않았으니까.

내리사랑

　자라면서 아버지 얼굴을 본 건 손으로 꼽을 수 있을 정도이다. 아버지는 방랑에 지치거나 돈이 떨어지면 집에 들렀다. 그리고는 며칠 쉬고서 다시 어디론가 훌쩍 떠났다. 어머니가 그동안 힘들게 장만한 논밭 일부를 팔아 마련한 돈을 가지고. 어머니가 논밭을 다시 사들였을 즈음이면 아버지가 어김없이 집에 모습을 드러냈다. 어머니를 고생시키고 또 집안 재산을 축내며 자기 생각만 하는 아버지가 미웠다. 그래서 부자 사이의 대화도 거의 없었던 것 같다. 나는 아버지처럼 살지 않으리라 다짐도 많이 했다.

　아버지를 마지막으로 본 건 고등학생 때이다. 이후에는 다시 집에 들르지 않았다. 아마 어디선가 객사를 했거나 아니면 오다가다 만난 여자와 살림을 차렸을지도 모른다.

어머니는 평생 고생을 하신 탓에 일찍 돌아가셨다. 돌아가실 무렵에는 당신이 농사짓던 땅이 도시 근교가 되어 있었다. 고물상에 땅을 빌려 주고 받는 임대료 수입이 상당했기에 내가 놀고 먹어도 생활하는데 어려움은 없었다. 나는 오다가다 만난 여자와 결혼을 하고 애도 낳았다.

드러나지 않던 내 본성이 그때부터 점차 발현되기 시작했다. 나도 아버지처럼 방랑벽이 있었던 것이다. 틈만 나면 나는 집을 나와 어디론가 떠났다. 결혼 이후에 집에 머문 기간은 채 석 달이 안 될 것이다. 서로 밀어내는 자석처럼 나는 집에 붙어 있지 못했다. 아무 의미 없이 여기저기를 떠돌다 돈이 떨어지면 그제서야 집으로 돌아갔다. 그리고는 땅 일부를 팔아서 다시 방랑을 떠났다.

물려받은 재산으로 그렇게 방탕한 생활을 한지도 어언 십여 년이 흘렀다. 내가 죽던 날 나는 언 땅의 끝자락에 있는 바닷가 어촌에 있었다. 어떻게 거기까지 가게 되었는지는 기억이 나지 않는다. 마을에 있는 허름한 선술집에서 나는 여느 때처럼 술에 취해 있었다. 그때 남루한 옷을 입은 구부정한 노인이 선술집에 들어와서 내 앞자리에 앉았다.

노인에게 술을 한 잔 따라 주고 이런 저런 이야기를 나누었다. 어차피 그저 그런 의미없는 인생이었겠지만 그래도 후회되는 일은 자식을 낳고 돌보지 않은 것이라고 했다. 아버지가 그런 게 싫었으면서 나도 대물림으로 그리한다는 생각이 들더라고 이야기했던 것 같다. 이번에 집을 떠날 때 물끄러미 나를 바라보던 아들 녀석의 차가운 눈빛이 가슴에 꽂히는 듯 했다고도 털어놓았다.

그러자 만일 다시 태어난다면 잘 살 수 있겠느냐고 노인이 물었다. 나는 온 몸을 던져 자식을 돌볼 것이라고 나름 호기롭게 대답했다. 그러자 노인은 자기가 내 부탁을 들어준다고 하였다. 나는 노인의 말을 믿지 않았지만 그래도 고맙다고 지나가는 말로 대답했다.

마지막 남은 술을 나누어 마시고 선술집을 나와 숙소로 향했다. 그날은 무척 춥고 눈보라가 몰아치던 날이었다. 어렴풋한 내 기억은 여기까지이다. 아마도 나는 숙소에 가는 도중에 길에서 잠들었던 것 같다. 그렇게 술에 취해 얼어 죽는 것으로 내 삶은 마무리되었다.

다시 태어난 나는 여전히 게을렀다. 그냥 몸을 풀숲에 숨기고 뒷다리로 서서 바람이 부는 대로 흔들렸다. 가끔 메뚜기나 여치가 내 앞을 지나면 앞발로 후려쳐 잡고 닥치는 대로 뜯어먹었다. 더운 여름이 지나고 가을이 되자 나는 통통하게 살이 올랐다. 그리고 페로몬이 시키는 대로 내 짝을 찾아 돌아다니다가 드디어 그녀를 만났다.

나는 조심스레 뒤에서 다가가 그녀를 감싸 안았다. 그녀도 처음에는 멈칫거리다가 이내 나를 받아들였다. 그리고는 얼마나 시간이 흘렀을까. 머리에 가해지는 둔탁한 충격이 내 자의식과 기억을 깨웠다. 지난 생에서 선술집에서 들이킨 노인과의 마지막 술잔의 알싸한 향까지도 다시 기억났다. 그리고 마지막 순간에 노인과 나눈 이야기도 떠올랐다.

그녀가 앞발로 내 머리를 찍어 누르는 느낌은 처음에는 둔탁하면서 예리한 아픔이었다. 그렇지만 이내 고통은 사라지고 어떤 기대감마저 들게 하였다. 이내 그녀는 게걸스럽게 내 머리통과 눈망울을 씹기 시작했다. 그래, 내 몸을 모두 내어주리. 그대여, 나를 천천히 꼭꼭 씹어 드시게나. 내 몸의 자양분이 우리 후손들에게 잘 전달되기를. 내 몸이 그들의 살이 된다는 호사스런 자부심도 잠시나마 누렸다.

III

식물 이야기

포근히 감싸는 사랑

푸르른 하늘 아주 높은 곳에 하늘나라가 있었습니다. 하늘나라에는 신선족과 천사족이 살고 있었습니다. 두 종족은 생김새도 거의 비슷하고 품성도 비슷해서 평화를 사랑하고 선한 일을 하고 악을 미워하였습니다. 두 종족은 각자의 신을 도와서 하늘나라와 지상 세계가 평화롭게 유지되도록 하였으며, 지하 세계에 갇힌 악령들의 힘이 커지지 않게 관리하는 일도 맡아서 했습니다. 그런데 두 종족은 서로 반갑게 인사하고 친하게 지내기는 하였으나 그 이상 서로 가까워지려 하지는 않았습니다. 왜 그런지는 아무도 모르고요.

그러던 어느 날 신선족의 늠름한 한 청년과 천사족의 고귀한 기품을 지닌 아리따운 한 처녀가 서로를 사랑하게 되었습니다. 둘은 하늘나라에서 서로 스치듯 지나치는 사이에 무언가에 끌리듯 첫눈에 반하여 서로에 대한 사랑의 불씨를 키웠고, 급기야 그 불씨는 활활 타올라 사랑의 불꽃이 되었습니다.

둘의 뜨거운 사랑은 이내 하늘나라에 알려지게 되었습니다. 그러자 신선족과 천사족들은 둘을 처벌해야 한다고 목소리를 높여 주장했습니다. 그러자 신선족과 천사족의 신들은 난처한 입장이 되었습니다. 둘의 사랑이 관례에 어긋나기는 하였으나 딱히 둘의 사랑을 금지하는 하늘나라의 법률도 없었으니까요. 그래서 신선족과 천사족의 신들은 궁여지책으로 둘을 지상의 인간 세계로 추방하기로 결정하였습니다.

둘은 신들에게 항의하였습니다. 왜 우리가 사랑하면 안되냐고. 둘의 사랑이 하늘나라에 어떤 피해를 미치는 것도 아니고 신선족과 천사족의 사랑을 금지하는 하늘나라의 법률도 없었으니까요. 곤란해진 두 신은 궁여지책으로 둘에게 다음과 같은 제안을 하였습니다. 그것은, 지상의 인간세계로 가면 둘이 영원히 헤어지지 않고 같은 공간에 머무를 수 있게 해 주겠다는 것이었습니다. 신들의 끈질긴 설득에 결국 둘은 그 제안을 받아들이고 지상 세계로 내려갔습니다.

지상 세계에 내려온 둘 중 한명은 히말라야 산중에 있는 은둔왕국의 왕자로 태어났습니다. 그리고 다른 한 명은 같은 왕국에서 평범한 집안의 기품 있고 우아한 미모의 아가씨로 태어났답니다. 누가 누구인지는 신들도 헷갈린답니다. 물론 둘은 자기들이 하늘나라에서 신선족과 천사족이었다는 사실은 전혀 몰랐습니다.

어느 날 왕자가 평복으로 위장하고 시장을 돌아보고 있었습니다. 그러다가 마침 생선을 손질하고 있던 아가씨를 보게 되었습니다. 그리고는 무언가에 끌리듯 첫눈에 반해서 그 아가씨를 사랑하게 되었습니다. 아가씨도 평복을 한 왕자를 보는 순간 바로 사랑하게 되었답니다. 어쩌면 당연하겠지요. 하늘나라의 인연이 이어진 것이니까…….

그 후 왕자는 틈만 나면 이런저런 이유를 만들어서 시장으로 나와 아가씨를 만났습니다. 아가씨에게는 자신이 왕자라는 것을 감추고 그냥 평범하고 조금은 어리숙한 사람으로 위장하고서. 두 사람은 함께 생선을 팔기도 하고, 창란젓도 만들고, 때로는 생선비늘을 다듬기도 하면서 사랑을 키웠습니다. 아가씨는 이런저런 자질구레한 조건에 구애받지 않고 그냥 무조건 왕자를 사랑했습니다.

안타깝게도 둘의 만남과 행복은 그리 오래 가지 못했습니다. 매일 밖에 다녀 온 왕자에게서는 생선 비린내가 났던 것입니다. 부왕은 그래도 생각이 깊은 아버지였던지라 어느 날 조용히 왕자를 불러서는, 만나는 아가씨가 어느 귀족의 아가씨인지 물었습니다. 왕자의 사랑을 최대한 보장해 주겠다는 약속과 함께. 그렇지만 왕자가 만나는 아가씨가 생선 장사를 한다는 이야기를 듣고는 이해심 깊은 부왕도 얼굴색이 변했습니다. 그리고는 당장 아가씨와 헤어지라고 엄명을 내렸습니다.

마침 그해에는 큰 흉년이 들었습니다. 왕국의 많은 사람들이 굶어 죽게 되었습니다. 이때 왕국에서 소문난 부자인 어느 귀족이 왕에게 다가와서는 자신의 딸과 왕자를 결혼시키자고 제안했습니다. 그러면서 만일 결혼이 성사되면 자기 재산의 절반을 처분해서 굶주리는 사람들에게 먹을 것을 주겠다고 하였습니다. 흉년으로 백성들이 힘들어 하며 굶기를 밥 먹듯 하는 것을 걱정하던 왕은 왕자를 불러 전후사정을 이야기하고 왕자가 귀족의 아가씨와 결혼해 줄 것을 부탁했습니다. 며칠 동안 고민하던 왕자는 마침내 부왕의 제안을 받아들여 귀족 아가씨와 결혼하기로 하였습니다. 그리고는 생선장수 아가씨에게는 결별을 선언했습니다. 귀족은 약속대로 먹을 것을 굶주리는 사람들에게 나누어 주었고, 배고픔에 시달리던 사람들은 배고픔에서 해방되었습니다.

한편, 연인으로부터 헤어지자는 청천벽력 같은 이야기를 들은 아가씨는 그날로 앓아누웠습니다. 그리고는 시름시름 앓다가 그만 세상을 떠났습니다. 죽어가는 순간에도 아가씨는 평민으로 위장했던 왕자를 그리워하여 어떻게든 왕자를 한번만이라도 만나고 싶어 했습니다. 하늘나라에서 이를 지켜보던 신들은 안타까워하며, 또 이들과의 약속도 지켜야 했기에, 아가씨를 치명적인 매력을 지닌 꽃으로 환생시켰습니다. 그리고는 왕궁과 시장이 내려다보이는 절벽에 피어나게 했습니다.

절벽에 핀 치명적인 매력을 지닌 꽃에 대한 소문은 곧 왕국 내에 널리 퍼졌습니다. 귀족 아가씨의 귀에도 이 소문이 들어갔고요. 결혼식을 앞두고 있던 아가씨는 절벽에 피어 있는 꽃을 구경하러 가자고 왕자를 졸랐습니다. 왕자는 마지못해 같이 꽃구경에 나섰습니다. 두 사람은 절벽의 꽃을 보자마자 바로 꽃에 이끌렸습니다. 특히 왕자가 더. 귀족 아가씨는 왕자에게 절벽의 꽃을 꺾어다 달라고 다소 무리한 요구를 하였습니다. 위험하기는 하였지만, 왕자도 꽃의 매력에 이끌렸던지라 꽃을 따러 절벽을 내려갔습니다.

그러다가 그만 발을 헛디딘 왕자는 절벽에서 미끄러졌습니다. 그대로 떨어지면 수십 미터 절벽 아래로 떨어져 몸이 산산조각 났을 겁니다. 왕자는 떨어지는 와중에도 꽃에 다가갔고, 절벽 밖으로 뻗어 있는 꽃의 뿌리를 힘껏 잡았습니다. 사람들이 꽃에만 신경쓰다 보니 잘 보지 못했지만, 꽃의 뿌리가 넓게 뻗어 있었는데, 마침 왕자가 그 뿌리를 힘껏 잡은 것입니다. 그러자 신기한 일이 벌어졌습니다. 꽃의 뿌리도 왕자를 감싸 안아 왕자가 떨어지지 않게 잡으려 하는 듯 했습니다.

그렇지만 안타깝게도 왕자와 꽃은 같이 절벽을 미끄러져 내리며 절벽 아래 강물로 떨어졌습니다. 그래도 꽃의 뿌리를 잡고 있었기에 천천히 떨어져서 왕자의 몸은 온전할 수 있었습니다. 왕자와 꽃은 강물을 따라 하염없이 흘러내려 갔습니다. 마침 그때는 강의 상류인 히말라야 산맥에 큰 홍수가 나서 강물이 불어나 있었습니다.

그러다가 둘은 어느 모래톱에 다다랐습니다. 그렇지만 강을 따라 떠내려가는 사이에 물을 많이 마신 왕자는 안타깝게도 죽고 말았습니다. 치명적 매력을 지니고 있던 꽃도 여기저기 바위에 부딪치면서 꽃잎들은 떨어져 나가 볼품없는 모습이 되었습니다. 그래도 뿌리는 왕자를 포근히 감싸고 있었지요. 이후 꽃은 왕자를 둘러싼 뿌리를 더욱 깊이 모래톱에 내리고 잎을 키우며 자랐습니다.

다음 해부터 모래톱에서 자라난 꽃의 뿌리에 신기한 열매가 열리기 시작했습니다. 보드라운 속껍질과 단단한 겉껍질이 있는 열매였습니다. 겉껍질은 열매 알맹이를 단단히 보호하지만 여유 있게 안고 있었습니다. 마치 꽃의 뿌리가 왕자를 꽉 감싸 보호하면서도 숨이 막히지 않게 안은 듯 했지요. 단단한 겉껍질 안에는 향기로운 즙이 있고 영양가 많은 열매가 줄줄이 열렸습니다. 사람들은 모래톱의 식물 뿌리를 가져다 척박한 땅에 심어서 뿌리에 열리는 열매를 먹기 시작했습니다. 열매에서 짠 기름은 저녁 식탁에 오를 생선을 튀기는 데 썼습니다.

그리고 누군가가 왕자와 아가씨의 사랑을 떠올리고는, 열매가 아가씨와 왕자의 사랑의 결실이라고 이야기했습니다. 두 사람의 치열한 사랑을 기억하는 젊은이들은 그 이야기에 고개를 끄덕였습니다. 나이 지긋한 노인들은 왕자의 효심을 떠올렸습니다. 국민들이 굶주림에 시달리는 것을 걱정하는 부왕의 짐을 덜어주고자 왕자가 열매로 환생해서 식량걱정을 조금 덜 수 있게 했다는 것입니다.

어느 이야기가 맞든, 열매가 되어서도 왕자와 아가씨는 하나입니다. 열매는 부드러운 속껍질로 싸여 있어서 그 향과 맛을 오래 보존할 수 있었습니다. 사람들은 열매를 먹는 마지막 순간에야 둘을 떼어 놓을 수 있답니다. 사람들은 둘의 아름다운 사랑을 떠올리며 그 열매를 먹는답니다. 둘을 떼어놓는데 대해 미안함도 느끼면서.

사랑의 수목원

    드넓은 태평양 한가운데에 제법 큰 섬이 있었습니다. 옛날부터 외부와 떨어진 그 섬에는 순박한 사람들이 평화롭게 서로 어울려 살고 있는 왕국이 있었습니다. 그런데 오랜 기간 동안 외부와 떨어져서 살다 보니 사람들에게 특별한 능력이 생겼습니다. 그것은 식물, 그중에서도 나무들과 교감할 수 있는 능력이었습니다.

    사람들은 나무를 많이 가꾸었습니다. 그리고 자기가 좋아하는 나무를 쓰다듬으며 자기 고민을 털어놓기도 하였고, 그러면 여기에 화답하듯이 나무들은 은은한 향과 무언의 말, 신선한 피톤치드, 바람에 떨리는 잎의 움직임 등으로 자기 의견을 이야기하고, 삶에 지친 사람들을 위로하였습니다.

섬에는 사랑의 수목원이 있었습니다. 그곳에는 수많은 종류의 나무들이 자라고 있었고 또 묘목원도 있었지요. 참나무, 소나무, 전나무, 단풍나무, 대나무, 바오밥나무, 느티나무, 느릅나무, 은행나무, 목련, 개나리, 진달래, 벚나무, 맹그로브 나무 등등.

섬 아이들은 사춘기가 되면 수목원에서 두 종류의 나무 묘목을 받아와서 각자 자기 집 뜰에서 키웠습니다. 그리고 나무들과 매일 무언의 대화를 하였습니다. 그러면 나무의 정령은 어느새 아이들의 마음과 몸속으로 들어가 아이 마음의 일부가 되었답니다.

귀엽고 지혜로운 한 소년은 사춘기가 되자 섬의 여느 사춘기 아이들과 마찬가지로 수목원에 들러 두 가지 묘목을 받았습니다. 그 소년이 선택한 묘목은 참나무(오크)와 대나무였습니다. 소년은 대나무와 참나무 묘목을 정성스럽게 가꾸며 나무들과 대화를 했답니다. 시간이 지나면서 소년의 심성은 점차 대나무와 참나무를 닮아 갔습니다.

그러던 중에 소년은 아름다운 소녀를 만나 서로 사랑하는 사이가 되었습니다. 물론 소년의 소녀에 대한 사랑은 대나무를 닮았고, 또 참나무를 닮았답니다.

소년의 사랑은 대나무를 닮았습니다. 오랜 기간 동안 땅속에서 은 인자중하고 있다가 자랄 때가 되면 순식간에 땅을 박차고 나와 하늘을 향해 거침없이 솟아나는 대나무처럼, 소년은 자신이 사랑하는 소녀에게로 거침없이 다가갔습니다. 물론 그전에 꽤 오랜 동안 소녀에게 다가가기 위한 준비를 했지만, 처음 만날 때부터 무언가에 끌린 것처럼 소녀에게 다가갔습니다. 소년의 사랑은 하늘을 향해 죽죽 뻗는 대나무처럼 직선적이고 강직합니다. 그러면서도 마치 대나무 속이 비어 있는 것처럼 욕심을 버리고 자신을 비웠습니다.

소녀에 대한 사랑이 강렬한 만큼, 마디 있는 대나무처럼 사랑을 절제할 줄도 알았지요. 소녀에 대한 사랑의 단단함은 날카로운 칼에도 견디는 대나무를 닮았습니다.

소년의 사랑은 참나무도 닮았습니다. 더운 여름과 추운 겨울을 버티며 참나무는 매년 나이테를 하나씩 늘려 갑니다. 날이 추우면 나무는 더 단단해지지요. 소녀와의 사랑이 항상 순탄하기만 할 수는 없었겠지요. 사랑이 어려움에 처할 때에도 소년은 꿋꿋하게 중심을 잡으며 사랑의 나이테를 하나씩 늘려나갔습니다.

사랑이 켜켜이 쌓인 나이테가 어느 정도 두께가 되었을 때 마침내 참나무는 오크통으로 변신할 겁니다. 소년은 그 오크통에서 사랑

의 포도주나 위스키를 숙성시킬 겁니다. 오크통에 있는 사랑의 향
은 그대로 포도주나 위스키로 옮겨갈 겁니다. 그래서 소녀와의 사랑
이 숙성되었을 때 두 사람은 사랑의 포도주나 위스키로 같이 건배
하며 자기들이 지나 온, 그리고 앞으로 같이 갈 사랑의 여정을 음미
하며 축복할 것입니다.

　이야기를 덧붙이자면 소녀와 소년들은 한 사람이 두 가지 묘목
만 선택할 수 있답니다. 욕심이 지나친 소녀와 소년들은 사랑을 더
풍성하게 하기 위해서 여러 가지 묘목들을 훔쳐다 심기도 하였답니
다. 그러나 그렇게 욕심을 부린 소녀와 소년들은 대부분 사랑의 어
려움을 겪었답니다. 그건 성질이 조화되지 않는 나무들을 같이 키
웠기 때문이지요. 예를 들면 봄에 피는 목련과 가을에 아름답게 물
드는 단풍나무를 같이 키운 아이들은 사랑의 엇박자에 고생하곤 했
답니다. 어떤 아이들은 눈앞의 즐거움에 취해서 벚나무를 선택하기
도 하는데, 결국 화려하긴 하지만 순간적으로 지나가는 즐거움 뒤에
무미건조한 지루함이 기다리는 사랑으로 이어지기도 하였답니다.

해바라기

그와 나는 하늘나라의 정원에 살았다. 우리는 다람쥐와 비슷하게 생겼다. 서로를 쫓고 쫓기는 장난을 치면서 하늘나라의 정원을 마음대로 돌아다녔다. 옥황상제와 다른 신들도 우리를 귀여워해 주셨다. 우리는 하늘나라의 평화로운 시절을 상징하는, 정원의 귀염둥이였다.

그날은 하늘나라의 분위기가 다른 날과는 달리 꽤 엄숙했었다. 돌이켜 생각해보니 하늘나라와 지하세계의 평화협정이 맺어지는 날이었다. 다른 날과 분위기가 다르다는 어렴풋한 느낌은 있었지만 우리는 크게 신경 쓰지 않고 평소처럼 정원을 휘젓고 다니며 놀았다. 그러다 우리는 그만 협정을 체결하는 테이블 위에 올라가게 되었고, 잠시 서류뭉치가 섞이고 날리는 소동이 벌어졌다. 바다와 같이 마음이 넓으신 옥황상제도 얼굴을 살짝 찡그리시고는 가볍게 우리를 나무라셨다. "어허, 얘들아, 다른데 가서 놀도록 하렴!"

거기서 장난을 멈추었으면 우리는 아마도 지금까지도 계속 하늘나라 정원에서 행복하게 살고 있을 것이다. 그런데 우리는 하늘나라 정원에서 서로 장난치며 살도록 설계된 존재였기에 거기서 멈출 수 없었다. (물론 우리의 설계자를 탓하는 건 아니다!) 우리는 그런 일이 있은 후에도 계속 정원에서 장난을 치며 놀았다. 그래도 의식적으로 회담장 부근에는 가지 않았다.

옥황상제와 지옥마왕은 평화협정을 순조롭게 마무리 지은 후에 같이 식사를 하셨고, 식사 후에는 커피 잔을 들고 나란히 하늘정원을 산책하셨다. 우리는 미처 그 사실을 알지 못하고 계속 정원에서 장난을 치다가 갑자기 두 분 앞에 뛰어들게 되었다. 커피를 마시던 지옥마왕은 깜짝 놀라면서 흰 수염에 커피를 쏟고 말았다. 그가 1만 년 동안 공들여 다듬은 흰 수염에는 칙칙한 갈색 커피 얼룩이 생겼다. 그의 자랑거리인 흰 수염이 엉망이 된 것이다. 지옥마왕은 일그러진 표정으로 억지 미소를 지으며 옥황상제에게 말하였다. "얘들이 무척 귀엽군요. 마침 평화협정도 순조롭게 마무리되었는데, 기념으로 제가 얘들을 데려다 키우고 싶군요. 허락해 주실 거죠?"

우리는 순간 얼음처럼 굳었다. 지하세계는 차갑고 어두우며 음습한 분위기인 것을 너무나 잘 알고 있었기 때문이다. 어쩌면 우리가 지옥마왕의 간식거리가 될 수도 있겠다고 생각하니 너무나 무서웠다. 옥황상제는 겸연쩍게 웃으며 말씀하셨다. "아이쿠, 애들이 또 결례를 했군요. 제가 확실하게 벌을 주도록 하겠습니다. 그런데 애들이 여기서 볼 때는 귀엽지만 지하세계에는 잘 어울리지 않을 것 같기도 하구요. 인간세계로 내려 보내서 충분히 반성할 시간을 갖도록 하겠습니다." 그리 말씀하시고는 우리를 바로 인간세계로 추방하셨다.

인간세계로 추방되며 우리는 인간의 모습으로 변하였다. 인간세계에서도 우리는 서로 쫓고 쫓기며 살았다. 우리는 하늘나라에서 내려온 존재이기에 여타 인간과는 다르게 계속 살 수 있었다. 태어나서 살다가 죽으면 바로 다시 태어나곤 했다. 물론 전생에 대한 기억은 아주 흐릿하거나 없었던 것 같다. 여기까지 이야기하면 이것은 벌이 아니라고 생각할 수도 있겠다. 그러나 옥황상제는 우리에게 충분한 벌을 내리셨다. 그것은 우리가 지상세계에서도 서로 쫓고 쫓기는 존재였다는 것이다. 하늘나라에서처럼 장난이 아니라 이곳에서는 치열하고 고통스러운 사랑의 갈구로…….

우리는 태어나서 살다가 죽기를 수없이 반복하였다. 평생을 막연한 그리움과 외로움 속에 지내다 운명같이 (아니, 사실은 운명으로!) 서로를 만나면 우리는 바로 서로에게 끌렸다. 그리고 바로 사랑하는 사이가 되었다. 그러나 서로의 존재를 알게 되고 사랑에 빠질 즈음에는 헤어짐의 고통이 우리를 찾아왔다. 평생을 기다린 사랑에 빠지는 데에는 30분이면 충분했던가? 아니, 그냥 처음 만남에서부터 바로 사랑에 빠진 것 같다. 그러나 그 사랑은 얼마 가지 못하고 우리 둘 중의 하나는 바로 생을 마감해야만 했다. 마치 봄눈이 대지를 만나자 마자 바로 녹듯이, 찬란하고 아름다운 우리의 사랑은 바로 바로 스러져갔다.

고려시대에 나는 그(녀)와 사랑에 빠져 결혼하고 사흘 후에 바로 몽골군과 싸우기 위해 출정했고 전투에서 창에 찔려 죽었다. 조선시대에는 진달래꽃이 만발한 봄에 결혼하였다. 그리고는 결혼식 때 마신 술의 숙취가 깨기도 전에 그는 의병으로 출정하여 왜군에 맞서 싸우다가 장렬히 전사하였다.

사랑을 갈구하고 만나고 그리고 그 사랑이 봄눈 녹듯 스러져가는 과정을 무수히 거친 후에 우리는 비로소 깨달았다. 이 괴로움은 바로 우리가 받는 벌이라는 것을. 옥황상제는 온화하고 자비로운 분이라서 차마 우리가 지옥세계에 끌려가게 그냥 두지는 않았지만, 우리가 저지른 잘못에 대한 벌은 분명히 받게 하신 것이다.

그런 사이에 그는 나보다 먼저 이 모든 일의 전모를 깨달았던 것 같다. 그는 고결한 인품을 갖추기 위해 노력했고, 자신의 잘못을 반성하며, 헤어지는 고통의 굴레에서 벗어날 수 있게 해 달라고 빌었던 것 같다. 그는 어느 날 아주 멀리멀리 날아갔다. 그가 어디로 갔는지 나는 아직까지 모른다. 생의 마감 순간에 잠시 허락된 만남의 시간에도 그는 나타나지 않았다. 그러기를 몇 번 반복한 후에야 나는 비로소 깨달았다. 이제 그는 여기에 없거나 적어도 다시 오지 않는다는 것을.

내 잘못이 조금 더 컸기에 지상세계에 나를 더 머물게 하신 것인지도 모른다. 아무튼 그가 없는 지상세계의 삶은 더욱 더 무미건조해졌다. 그래서 나도 옥황상제에게 기도하였다. 이제는 반복되는 헤어짐과 다시 만나는 고통에서 정말로 벗어나고 싶다고. 얼마나 간구했는지 모른다. 오랜 기도의 덕일까. 나는 헤어짐과 다시 만나는 고통이 없는 삶을 살 수 있게 되었다.

나는 영원한 기다림의 삶을 사는 존재로 다시 태어났다. 나는 밝은 빛이 공간을 채우고 넘쳐날 때마다 나를 깨운다. 해가 뜨면 나는 내 몸의 모든 감각기관을 다 열고 우주 저 멀리 빛의 근원을 깊이 응시한다. 이렇게 밝고 빛나는 빛의 근원에 그가 있으리라 믿기에. 내 마음은 열리고 몸(꽃)은 더 푸근하게 퍼진다. 저녁이 되어 빛이 서서히 사라지고 마침내 어둠이 찾아오면 나는 내 몸을 접고 다시 내일 아침을 기다린다. 빛이 나를 찾을 때까지. 그래도 이렇게 끝없이 그를 찾고 기다리는 것이, 헤어지고 만나고 또 헤어지는 영겁의 고통보다는 나은 것 같다. 적어도 지금까지는…….

큰 나무 이야기

　마을 뒤에는 아담한 동산이 있다. 그곳에는 여러 종류의 나무와 생명들이 어울려 살고 있다. 마음이 어지럽거나 부질없는 욕심이 고개를 내밀 때, 혹은 그냥 머릿속을 비우고 싶을 때, 나는 동산에 오른다. 그리고 그곳에 있는 풀, 나무, 작은 돌, 조그마한 바위, 수풀 위로 흐르는 구름과 이야기를 나눈다. 아니 어쩌면 또 다른 나하고 이야기를 하거나 그냥 침묵 속에 빠져 있는 것인지도 모른다.

　그날은 늦은 가을날이었다. 나는 가을에 취해 무엇에 끌리듯이 동산에 올랐다. 작은 단풍나무와는 지나간 여름에 대해 이야기하며 그 사이 훌쩍 큰 것을 축하해주었다. 내 눈에 보이지는 않았지만 나를 지켜보며 도토리 만찬을 즐기는 다람쥐에게는 걱정하지 말라고 이야기했다. 도토리 안 빼앗아 간다고……

그렇게 꽤 오랜 시간동안 동산을 거닐었나 보다. 동산에는 제법 큰 나무가 여러 그루 어울려 있었는데, 어느 틈엔가 나는 그중 한 나무와 이야기를 나누고 있었다. 나무는 담담하게 자기가 살아 온 인생에 대해 이야기했다. 나는 나뭇등걸을 쓰다듬으며 나무의 이야기에 동의하기도 하고, 가끔은 그 다음 이야기가 궁금해져서 나무를 재촉하기도 했다.

대개의 나무들이 그렇듯이 그 나무도 어느 해 봄에 땅속에서 조그맣고 부드러운 연두색 싹을 하늘로 내밀며 세상에 나왔는데, 주변을 보니 비슷한 또래 친구들이 꽤 많았다고 한다. 그들과 경쟁하고 때로는 서로 도우며 지금까지 살았다고 했다. 조금이라도 더 많이 햇볕을 쬐려고 잎을 활짝 벌리기도 했고, 더 높이 자라려고 머리를 내밀기도 했으며, 또 한 모금이라도 더 빨아들이려고 뿌리를 사방으로 뻗으며 서로 엉키기도 했다고 한다.

여름이 되면 찌는 듯한 더위와 함께 가끔 세찬 비바람을 동반한 폭풍우가 나무들을 모두 날려버릴 기세로 맹렬하게 휘몰아치곤 했다고 한다. 실제로 폭풍우를 견디지 못한 약한 나무들은 장대비 속에 뿌리째 뽑혀서 어디론가 날아가 버렸다고 한다. 그 후 그 친구들 소식을 들은 나무는 아무도 없다고. 그 친구들은 풍요로운 여름날에 지표면의 물기만 빨아들이고 깊이 뿌리내리기 싫어했었다고 한다.

깊은 가뭄으로 대지가 메마른 해에는 큰 나무들은 뿌리를 땅 속 깊이 내려서 한 모금의 물이라도 더 빨아들여 높은 곳에 있는 잎사귀에 전해주었다고 한다. 잎사귀의 목마름을 안타까워하며. 세월이 지나면서 나무들은 조금씩 더 자랐고, 땅속으로도 더 깊이 뿌리를 내렸다고 한다. 그래서 웬만한 폭풍우는 혼자서도 견딜 수 있게 되었지만 아주 심한 폭풍우가 몰아쳐 오는 날에는 아직도 무섭다고 한다. 그럴 때에는 폭풍우에 맞서기보다는 서로의 몸을 의지한 채 폭풍우에 처분을 맡기고 그냥 눈감고 바람의 리듬을 따른다고 한다.

한창 자랄 때에는 서로 조금이라도 더 따스한 햇볕을 받으려고 목을 길게 내밀고 손도 뻗었었다고. 그렇게 길게 뻗은 손들이 서로 엉키기도 했고, 엉킨 손들이 폭풍우에 그대로 잘려나가 멀리멀리 날아가기도 했단다. 그렇게 잘려나간 상처들은 이제 다 아물었지만 그래도 아픈 기억들은 그대로 남아있다고. 그리고 지금도 폭풍우 부는 날에는 상처가 아문 곳이 서로 부딪치고 쓸리지만 다행히도 상처가 아문 곳들은 다른 데보다 더 단단해서 웬만한 부대낌 쯤은 충분히 견뎌낼 수 있다고 한다.

이제는 햇볕을 놓고 서로 다투지는 않는다고 한다, 물론 약간의 실랑이는 있지만 폭풍우 속에서는 서로 의지도 하고…… 나무들은 그냥 별 생각 없이 오늘 하루도 따스한 햇볕을 쬐는 중이란다. 자라

나는 새싹들을 높은 곳에서 지켜보며. 언젠가는 나무들도 삶을 마무리 하겠지. 그럼 그 후는? 있으면 덤이고 없어도 그만이란 생각, 그냥 원자로 어디 먼 우주를 떠돌고 있거나 아니면 뜨거운 에너지로 변해서 심장을 태우고 있을지도 모른다. 지금은 아무 생각 없이 오늘 하루를 보내는 중이라고…….

나무 두 그루

    조그만 행성 지구에서 수많은 생명들이 서로 얽혀서 살고 있습니다. 생명들은 살면서 때로는 서로에게 큰 아픔을 주기도 하고 또 서로 돕기도 합니다. 아름다운 눈을 지닌 토끼는 숲속에서 막 머리를 내민 새싹을 맛있게 먹어치우며 새끼들을 키우다가, 운이 나쁘면 여우나 족제비의 저녁거리로 생을 마감합니다.

    사는 과정에서 이런 저런 잘못을 저지른 식물, 동물, 사람의 정령(精靈)들은 생을 마감한 후에 땅 속의 세계로 내려갔습니다. 여름날의 폭풍우가 몰아칠 때 옆의 단풍나무를 폭풍우 앞으로 밀어서 가지가 잘려나가게 한 느티나무의 정령도 땅속세계로 내려갔습니다. 살면서 주위의 동식물과 무생물에게 큰 고통을 준 수많은 사람들의 정령들도 죽은 후에 모두 땅속으로 빨려 들어갔습니다.

정령들은 땅속에서 서로 얽히고설켜 지냈습니다. 그들 나름대로의 사연과 더불어 고통과 아쉬움, 그리움 등도 점점 커졌습니다. 수많은 사연은 더 애절해지면서 스스로 뜨거워지고 불타올랐습니다. 그러다가 뜨거움이 참을 수 없을 지경이 되면, 정령과 사연들이 불덩어리가 되어 뭉텅이로 땅 밖으로 솟아올랐습니다.

그 중에 한 불덩어리가 바다 한가운데로 솟아올랐습니다. 불덩어리는 바닷물을 만나 식으면서 바위섬이 되었습니다. 땅속에서 서로를 뜨겁게 달구었던 수많은 사연들은 연기처럼 모두 공중으로 사라졌습니다. 이제 땅속에 뭉쳐있던 정령들은 바위가 되어 조용한 존재가 되었습니다. 그렇지만 바위섬은 너무 거칠어서 풀이나 나무가 뿌리내리기 어려웠습니다.

바다 가운데 자리한 바위섬은 철새들이 쉬어가는 쉼터가 되었습니다. 그리고 거칠었던 바위 표면들도 파도와 바람에 씻기면서 조금씩 부드러워졌습니다. 그러던 중 어느 철새가 무심코 깃털에 나무씨앗 하나를 묻혀 가지고 오다가 섬에 떨어뜨렸습니다. 씨앗은 그나마 조금 부드러운 바위틈에 떨어졌습니다. 이듬해 봄에 바위틈에서 조그만 싹이 솟아났습니다. 거친 바닷바람과 여름의 폭풍우를 뚫고 싹은 조금씩 자랐습니다. 거친 환경이라 조금씩 밖에 자라지 못했지만 몇 해가 지나니 제법 나무다운 모습이 되었습니다. 나무 주위의 단단한 바위들도 조금씩 부드러워졌고 일부는 부스러져서 바위틈에 쌓여갔습니다. 가을에 떨어지는 낙엽도 나무 주변에 쌓여갔습니다. 나무는 이제 섬에 들르는 철새들이 쉬어가는 장소가 되었습니다.

섬에는 조그만 변화가 서서히 그러나 꾸준히 일어났습니다. 낙엽이 쌓인 바위 틈 곳곳에 조그만 싹들이 자라났습니다. 거친 바위로 둘러싸인 섬이지만 그래도 이제 풀이 섬의 이곳저곳을 덮었고, 나무도 이제 제법 자라나 의젓한 모습이 되었습니다.

그런데 찬찬히 살펴보니 나무에서 조금 떨어진 곳에도 다른 나무 한 그루가 자라고 있었습니다. 조금 늦게 섬에 자리 잡은 듯, 그 나무는 가냘프고 조금 작았습니다. 나무와 나무는 서로 말을 하거나 그러지는 않았습니다. 서로 무심한 나무 두 그루입니다. 햇볕이 따가울 때에는 두 나무는 그냥 햇볕을 온 몸으로 받아냈습니다. 폭풍우가 몰아칠 때에도 두 나무는 각자 폭풍우를 견뎌냈지요. 마치 서로에게 방해되지 않으려는 듯, 두 나무는 서로에게서 저만큼 떨어진 곳에서 묵묵히 자랄 뿐이었습니다. 두 나무에 가끔 들르는 구름이 두 나무가 친해지게 하려고 말을 붙여보았지만 둘은 그냥 빙그레 웃기만 하였습니다.

가뭄이 몹시 심하던 어느 해 봄에 구름은 나무들이 너무 안쓰럽게 느껴졌습니다. 그래서 안개비가 되어 나무들을 적시며 내렸습니다. 나무 등걸을 따라 내린 물방울은 땅속으로 스며들어 뿌리로 흘러내렸습니다. 나무뿌리는 소중한 물방울들을 모두 빨아들였습니다. 나무뿌리를 지나 줄기로 오르며 물방울은 그때서야 두 나무가 서로 통하고 있음을 알게 되었습니다.

두 그루의 나무는 가뭄을 견디려고 넓고 깊게 바위틈으로 뿌리를 내려갔었습니다. 그러던 중에 두 나무의 뿌리가 만났던 것입니다. 두 나무는 저만큼 서로 떨어진 자리에 서 있었지만, 뿌리는 서로에게 다가갔고 서로 단단히 엮여 있었던 것입니다. 그리고 뿌리로 빨아 올린 소중한 물방울을 서로 나누며 가뭄을 견디고 있었던 것입니다. 게다가 큰 바람이 불어 올 때면 뿌리로 서로를 더욱 단단히 잡아서 흔들리지 않게 했던 것이지요. 무심한 듯 저만큼 떨어져 있지만 서로 통하고 서로를 아끼는 나무 두 그루입니다.

두 나무는 오랜 세월에 걸쳐 꾸준히 조금씩 자랐습니다. 줄기는 해마다 더 굵고 단단해졌고, 키도 커 갔습니다. 어느덧 두 그루의 나무는 사이좋게 가까이 자리 잡았습니다. 어린 때에는 저만큼 떨어져 있었지만, 풍파를 이기고 커서, 이제는 서로 가까워진 것이지요. 힘껏 뻗은 나뭇가지 중 몇은 서로 맞닿았습니다. 맞닿은 가지로 서

로의 마음을 전하고 전해 받습니다. 폭풍우가 몰아칠 때는 서로 의
지합니다. 가뭄이 심할 때에는 뿌리와 나뭇가지로 몇 방울의 물이
라도 서로 나눕니다. 두 나무는 그렇게 아주 오랫동안 서로 의지하
고 도우며 살았답니다.

찔레꽃

야트막한 산으로 둘러싸인 아늑한 산골이 이야기의 무대입니다. 맑은 물이 흐르는 시냇가에 찔레꽃 한 무더기가 살고 있었습니다. 봄이 되면 눈부시게 새하얀 찔레꽃들이 가녀린 줄기를 따라 흐드러지게 피었습니다. 점차 푸른빛이 진해지는 늦은 봄의 산기슭에는 여러 종류의 꽃들이 자태를 뽐내었지만, 그중에서도 찔레꽃은 눈이 부시게 아름다웠습니다. 밤이 되면 찔레꽃은 은은한 달빛이 더해져서 더욱 고결한 자태가 되었습니다.

찔레꽃을 유난히 좋아하는 소년이 있었습니다. 소년은 찔레꽃에게 말을 걸고 고민을 말하기도 하였습니다. 그렇지만 찔레꽃들은 소년을 그다지 좋아하지 않았습니다. 왜냐하면 소년이 가끔 찔레꽃을 뭉텅이로 꺾어 꽃들에게 상처를 주었기 때문입니다. 그래도 소년 나름대로는 꽃을 아낀다고 날이 가물 때에는 찔레꽃에게 물을 길어다 주기도 하였기에, 찔레꽃들도 가시를 곤추세우고 소년을 대하지는 않았습니다.

어느 해 큰비가 계속 내렸습니다. 불어난 시냇가의 맑은 물은 곧 소용돌이를 만들며 급류가 되었습니다. 급류는 개울가 주위의 모든 꽃과 나무들을 사정없이 휩쓸고 지나가면서 탁류로 변했습니다. 찔레꽃도 탁류에 휩쓸려 떠내려가고 있을 때 소년이 나타났습니다. 소년은 통나무를 타고 찔레꽃을 구하러 나섰지만 소년도 그만 탁류에 휘말리고 말았습니다.

탁류에 휘말려 떠내려가면서도 소년은 찔레꽃에게 다가갔습니다. 마침내 소년은 찔레꽃 더미를 품에 안을 수 있었습니다. 그러나 탁류에 휘말린 찔레꽃과 소년은 어딘지 모를 곳으로 끝없이 흘러갔습니다. 소년은 찔레꽃을 놓치지 않으려고 힘껏 가슴에 껴안았습니다. 그러는 중에 찔레꽃 가시는 소년의 가슴에 깊숙이 박혔습니다.

계속 떠내려가던 찔레꽃과 소년은 큰 강가의 모래 둔덕에 다다랐습니다. 소년은 모래둔덕에 찔레꽃 무더기를 심었습니다. 그리고는 이내 탈진해 쓰러졌습니다. 가슴에 난 상처로 너무 많은 피를 흘렸기 때문입니다.

모래 둔덕에 심겨진 찔레꽃은 이전보다 더욱 튼튼하게 뿌리를 내리고 쑥쑥 커갔습니다. 그리고는 이전보다 더욱 크고 또 모두의 가슴을 불태울 듯한 정열의 붉은 색 꽃을 피워냈습니다. 특히 소년의 가슴을 찔렀던 줄기에서는 그중에서도 가장 붉고 아름다운 꽃이 피어났습니다. 사람들은 이 꽃을 장미라고 불렀습니다.

　사람들은 소년의 가슴에서 흘러내린 피가 장미의 붉은 색이 되었다고 이야기했습니다. 그러나 사실 소년의 피는 장미꽃의 튼튼한 가시로 환생한 것입니다. 이것을 알게 된 사람들은 소년의 질투심이 장미의 가시로 환생한 것이라고 얘기했습니다. 꽃을 꺾으려는 다른 사람들이 가시에 찔리도록 했다는 것입니다.

　그러나 사실 소년의 생각은, 가시에 찔릴 위험을 무릅쓸 수 있는 용기 있는 자만이 자신이 사랑한 꽃에 다가올 수 있게 하려는 것이었습니다. 자신이 사랑한 꽃의 품격을 지키고 싶은 소년의 깊은 사랑이 스스로를 단단한 가시로 거듭나게 했던 것입니다. 소년은 정열적이고 탐스러운 장미꽃 한 움큼을 아직 가슴에 꼬옥 감싸 안고 있을지도 모릅니다. 가시에 찔리는 예리하고 신선한 촉감을 느끼며…….

나무와 구름

    어느 양지바른 산기슭에 아담한 나무 한 그루가 자라고 있었습니다. 근처에는 맑은 시냇물이 흐르고 있고, 또 조금 떨어진 곳에 큰 바위가 있었습니다. 바위는 가끔 나무에게 말을 걸고 친구가 되어주긴 하지만 나무를 찾아오지는 않았지요. 바위라서 움직일 수 없었으니까요.

    마침 나무 위로 지나다니는 흰 구름이 있었습니다. 그 구름은 위는 솜사탕처럼 순결한 흰색이었지만 이곳저곳을 떠돌다보니 구름 아래는 흙먼지가 조금 묻어 있었답니다. 흰 구름은 나무와 친구가 되고 싶었지만 부끄러움에 말은 붙이지 못하고 그냥 구름자락으로 나뭇잎을 쓰다듬으며 지나다녔답니다. 그러다 가끔씩 나무 위에 머물며 한두 마디 나무와 대화를 나누기도 하였습니다.

그러던 어느 날 흰 구름은 문득 나무에게서 막연한 그리움과 외로움을 발견하였습니다. 그리고 이내 동질감을 느꼈습니다. 그래서 나무에게 좀 더 가까이 다가갔습니다. 구름은 안개비로 모습을 바꾸어서 나무에게 다가가 말을 걸었습니다. 나무는 처음부터 선뜻 대화에 응하지는 않았지요. 마음이 급해진 안개비는 차츰 굵어져 세찬 비가 되어 나무를 적시고 또 폭풍우가 되어 나무를 흔들기도 하였습니다. 이렇게 한동안 폭풍우를 몰아친 후에는 다시 구름으로 돌아갔습니다.

구름은 다시 안개처럼 나무를 감싸 안았고, 나무는 더 깊은 곳으로 뿌리내리고 의젓하고 성숙해졌습니다. 구름도 안개비에서 폭풍우로, 그리고 다시 구름으로 돌아오는 사이에 구름자락 속의 흙먼지가 어느새 모두 사라졌습니다.

이제 구름과 나무는 서로를 잘 이해하는 사이가 되었습니다. 구름은 훌쩍 큰 나무 위에서 잠시 쉬고 있습니다. 둘은 많은 대화를 나누지는 않습니다. 아니 많은 대화가 필요하지 않은 사이가 된 것이지요.

어느덧 세월이 흘러 나무는 아주 큰 고목이 되었습니다. 나뭇등걸 곳곳에는 세월의 흔적인 구멍도 났습니다. 다람쥐, 솔부엉이 등은 구멍 안에 둥지를 틀기도 하고, 개미들은 나무 밑둥에 고층 아파트를 지어서 살기도 합니다. 여름이 되면 매미들은 나뭇등걸에 남은 마지막 수액까지도 알뜰하게 빨면서 시끄럽게 여름을 알리곤 하지요.

큰 나무는 이제 살이 썩고 문드러지면서도 조그만 생명들에게 끊임없이 쉼터와 먹이를 주고 있습니다. 그렇지만 나무는 마음 깊은 곳에서 항상 어린 나무일 때 구름과 나누었던 대화를 되새기고 있답니다.

큰 나무는 언젠가는 쓰러져서 부서지고 썩게 될 것입니다. 나뭇가지들은 어느 가난한 집에서 저녁끼니를 준비하는데 쓰이고 연기가 되어 흩어질 겁니다. 그래도 나무는 그 생각을 하면 흐뭇합니다. 연기가 되어 흩어진 나무는 언젠가 다시 어린 싹으로 태어나고 자라서 또 다른 구름을 만날 테니까요. 아니, 연기가 된 김에 구름으로 태어날 지도 모르겠네요.

IV
사물 이야기

우리 사랑은 영원하리라

　천국과 지하세계의 전쟁이 20만 년째 계속되고 있었다. 수많은 천사들과 신선들이 전쟁의 와중에 죽거나 다쳤다. 지하세계의 마귀와 악귀들도 무수히 많이 죽거나 다쳤다. 천국의 옥황상제와 지하세계의 지옥마왕은 더 이상 전쟁을 지속하기 힘든 상태가 되자 휴전협상을 하여 10만 년 간 휴전하기로 합의하였다. 휴전 기간 동안 천국과 지하 세계는 각자 세력을 키우기 위하여 힘써 노력하였다. 천국에서는 수많은 천사들이 새로 배출되었으며, 지하세계에서도 마귀와 악귀들이 많이 배출되었다.

　견우는 원래 천상의 목장에서 소를 키우는 목동이었다. 천상의 소에서 나온 천유는 새로 태어난 천사들을 키우는데 사용되었다. 직녀는 직조소에서 천사들이 입을 갑옷을 만드는 것이 주요 업무였다.

수많은 천사들을 키우고 또 입혀야 했으므로 천국의 목장과 직조소에서는 수많은 견우와 직녀들이 일하고 있었다. 지하세계와의 전쟁에 대비하는 일이 급하였으므로 견우들과 직녀들의 연애는 금지되어 있었다. 대신 100년에 한 번씩 대천사의 주재로 견우와 직녀들의 합동 데이트와 결혼식이 열렸다. 결혼 이후에도 견우들과 직녀들은 정해진 날에만 만날 수 있었다. 그건 전쟁준비에 소홀함이 없도록 하려는 천국 정부의 결정이었다. 견우들과 직녀들 사이에서 태어난 남자아이는 견우로 키워지고 여자아이는 직녀로 키워졌다. 견우와 직녀는 하늘나라의 힘든 일을 도맡아하고 있었던 것이다.

수많은 견우와 직녀 가운데 한 명의 견우와 한 명의 직녀가 우연한 기회에 만났고, 서로에게 끌림을 느꼈다. 그래서 개인적인 연애가 금지되어 있음에도 불구하고 둘은 몰래 다시 만났다. 둘은 어느 틈에 서로 사랑하는 사이가 되었다. 그렇지만 견우와 직녀의 사랑은 공식허가를 받지 않은 금지된 사랑이었다.

견우는 천국의 목장 가장자리에 있는 정원에 몰래 둘만의 공간을 만들었다. 조금 작은 2인용 소파를 갖다 놓고 둘이 같은 방향을 보고 앉아서 사랑을 속삭였다.

어느 날 둘이 밀회를 하던 중에 견우는 지하세계에서 지옥마왕이

보낸 자객이 천국에 숨어있는 것을 발견했다. 지옥마왕이 옥황상제를 암살하려고 보낸 자객이었다. 견우와 자객 사이에 격투가 벌어졌다. 그렇지만 견우는 단련된 자객에게 상대가 될 수 없었다. 자객은 백련정강으로 만든 비도를 날리며 견우를 쓰러뜨리려고 하였다. 견우는 마침 품에 지니고 있던 무쇠 뿔로 비도를 막으며 간신히 버텼다. 이 틈에 직녀가 달아나서 자객이 천국에 침입했음을 알렸다. 견우가 막 자객의 칼에 쓰러지려는 찰나에 다행히 천사들이 도착했다. 암살계획이 발각되자 자객은 황급히 지하세계로 달아났다.

견우는 아주 큰 공을 세운 것이다. 그러나 동시에 견우와 직녀가 저지른 잘못도 드러났다. 금지된 사랑을 하고 있었던 것이 조사과정에서 드러났다. 천국의 관리들은 견우와 직녀에게 벌을 주어야 한다고 힘주어 주장하였다. 옥황상제는 자신의 목숨을 구해준 견우에게 무언가 보답을 하고 싶었으나 규정 때문에 상을 주지 못하였으며 벌을 주어야만 했다.

그래서 천국 밖으로 견우와 직녀를 추방하였다. 천국 감사실 관리들은 규정을 어긴 견우와 직녀는 서로 만날 수 없게 멀리 떨어뜨려 놓아야 한다고 주장했다. 옥황상제는 마지못해 둘을 떨어지게 했다. 그러나 옥황상제는 마지막 순간에 약간의 융통성을 발휘하였다. 그래서 일 년에 하루는 서로 만날 수 있게 하자고 제안했고, 감사실 관리들도 이를 받아들였다. 그래서 견우와 직녀는 일 년에 하루 칠월 칠석에 만날 수 있게 된 것이다.

천국에서 추방된 견우와 직녀, 그중에서도 견우는 처음에는 매우 낙담했다. 그래서 매일 맥주만 마시면서 하릴없이 지냈다. 그러다가 자신이 지닌 화학지식을 이용해서 잠자는 약을 만들었다. 그래서 일 년에 363일은 잠들어 있다가 직녀를 만나기 하루 전에 잠에서 깨어나서 그 하루 동안은 다음날 직녀와의 만남에 대한 계획을 세우고 칠석날에 직녀를 만났고 또 헤어진 후에는 다시 잠들기를 1,000년을 반복했다.

그러다가 견우와 직녀는 자기들을 만날 수 있게 하기 위해 까치와 까마귀들이 너무나도 수고한다는 사실을 깨닫게 되었다. 그래서 둘은 까치와 까마귀들의 수고를 덜어줄 방안을 찾다가 큰 다리를 놓기로 하였다. 그때부터 둘은 다리를 설계하고 벽돌을 찍고 강철 와이어를 만들며 분주히 움직였다. 364일은 순식간에 지나가고 칠석의 하루 휴가 동안 둘은 모처럼의 휴식을 맛보며 서로에 대한 사랑을 더욱 다졌다.

다리를 만들려고 1,000년 동안 열심히 노력한 끝에 마침내 오작교가 만들어졌다. 까치와 까마귀가 만든 임시다리가 아니라 철근콘

크리트와 강철 와이어, 그리고 눈부신 유리로 만들어진 현대식 다리였다. 그해 칠석에 둘은 마침내 완성된 다리 가운데서 만났다. 까치와 까마귀들은 이제 더 이상 고생하지 않아도 되었다.

그러는 사이 천국과 지하세계의 휴전은 깨어지고 다시 전쟁이 시작되었다. 중무장 기병을 앞세운 천국의 군대는 견우와 직녀가 만든 다리를 이용하여 지하세계로 진격하여 지옥마왕의 군대를 크게 물리쳤다. 이에 옥황상제는 매우 기뻐하며 견우와 직녀에게 큰 상을 내리려 하였다.

"이제 너희들은 매일 아무 거리낌 없이 만나도록 해라. 이건 내가 주는 큰 상이다."

그러자 견우와 직녀는 의외의 대답을 하였다.

"옥황상제님의 뜻은 고마우나 이제 굳이 그리 안하셔도 됩니다."
의아한 옥황상제가 "왜?"하고 다시 묻자 그들은 마치 약속이라도 한 듯, 한 목소리로 대답하였다.

"억겁의 세월동안 저희의 마음속에 서로에 대한 그리움이 싹트고 자라서 이제 저희는 떨어져 있어도 마음이 통하며, 서로의 사랑을 멀리서도 느낄 수 있습니다. 일 년에 하루의 만남이 짧다고 생각할 수도 있지만, 364일 동안 정성스레 만남을 준비하는 즐거움도 나름대로 크답니다. 그리고 앞으로도 영원히 저희는 만날 수 있으니까요. 만나고 나서 헤어질 때 무척 아쉽기는 하지만, 그 대신 저희 사랑은 영원하답니다."

그러자 옥황상제는 머리를 끄덕였다.
"그래, 너희 말이 맞을지도 모르겠다. 결혼한 천사와 선녀 부부도 2,000년쯤 지나니 서로의 사랑이 식고 무미건조한 사이가 되던데, 너희들은 사랑을 무한히 지속할 수 있으니까……."

이후에도 견우와 직녀는 영원히 서로 사랑하는 사이로 남았다는 전설이 전해진다.

호수와 바다

아득히 멀리 떨어진 곳에 크고 넓으며 다채로운 대지(大地)가 있었습니다. 신비로운 대지에는 생명력이 넘쳤으며 북쪽으로는 높고 험한 산들이 병풍처럼 둘러서 있었지요. 겨울이 되면 높고 험한 산에는 흰 눈이 수북이 쌓이고, 모든 것을 얼릴 듯 매서운 찬바람이 대지를 휘감았습니다. 그래도 시간의 힘이 겨울을 밀어내고 봄이 성큼 들어서면 대지는 경이로운 생명력으로 가득 찼습니다.

봄이 되면 높고 험한 산에 쌓였던 눈이 녹아 여러 갈래의 개울을 이루며 흘렀습니다. 작은 개울들은 이내 큰 강으로 합쳐졌고, 또 큰 강을 따라 흐른 물은 아주 너른 호수로 흘러들었습니다. 급히 흐르던 강물도 호수에 이르면 이내 잔잔해지며 호수로 조용히 섞여 들어갔습니다. 마치 전학 온 학생이 그곳 토박이 학생들 틈으로 조용히 스며들 듯이…… 너른 호수의 반대쪽에서는 다시 큰 강이 시작되어 머나먼 바다로 흘러갔습니다. 그렇지만 그곳은 너무 멀고 험한 곳이라서 대지에 사는 사람들 중에는 가 본 사람이 아무도 없었습니다. 혹시 바다에 간 사람이 있었을지도 모르지만, 돌아온 사람은 아직 없었습니다.

너른 호숫가를 따라서 여러 마을이 자리하고 있었습니다. 이들 마을 사람들은 호수에서 물고기를 잡아서 큰 물고기는 시장에 팔고, 자잘한 물고기는 자기들이 저녁반찬으로 먹으면서 평화롭게 살았습니다. 팔다 남은 물고기는 햇볕에 말린 후에 큰 산을 넘어 멀리까지 가지고 가서 팔았습니다.

어느 호숫가 마을에 물고기를 잡으며 평화롭게 사는 한 소년이 있었습니다. 키가 작고 얼굴은 가무잡잡하였으며 수줍음을 잘 탔습니다. 그렇지만 마음은 순수하고 맑았으며, 인생의 근원적인 문제 ― 그것이 무엇인지 표현하기 어렵지만 ― 에 대해 깊이 생각하는 소년이었습니다.

어느 날 소년이 호수 가운데에서 물고기를 잡고 있을 때 갑자기 돌풍이 불었습니다. 호수의 물은 돌풍에 의해 하늘로 치솟으며 소년이 탄 배를 마구 흔들었습니다. 소년은 배가 흔들리지 않게 하려고 바닥에 납작 엎드려 배를 꼭 붙잡고 있었습니다. 정신이 나갈 정도로 무서웠지만, 그래도 배를 아주 꽉 붙잡고 있었지요.

돌풍이 얼마나 거셌는지 소년이 정신을 차렸을 때에는 소년의 배는 이미 호수를 벗어나 큰 강을 따라 머나먼 바다까지 흘러간 상태였습니다. 기진맥진한 소년은 온 힘을 다 해 바닷가에 배를 대고는 그대로 정신을 잃었습니다.

소년이 정신을 차려보니 포근한 침대 위였습니다. 마침 소년이 도착한 바닷가에는 작은 마을이 있었고 그 마을의 한 소녀가 바닷가를 거닐다가 쓰러져 있는 소년을 발견하여 급히 사람들에게 알려 집으로 데려온 것이었습니다. 소년은 소녀 가족들의 보살핌을 받아 이내 건강을 회복했습니다.

건강을 회복한 소년은 고향 마을로 돌아가려 했지만 너무 멀리 온데다가 어디로 가야 하는지 아는 사람이 아무도 없었습니다. 소년은 할 수 없이 바닷가에 머물러 살게 되었습니다. 호숫가의 가족들이 사무치게 그리웠지만 아주 조금씩 그리움의 감정이 무뎌졌고, 어느덧 바닷가 사람들과도 친해졌습니다. 소년은 호수에서 물고기를 잡는 일을 하였으므로 바다에서 물고기를 잡는 일에도 곧 적응했습니다. 그리고 어느 틈에 자기를 구해 준 소녀와 서로 사랑하는 사이가 되었지요.

어느덧 성인이 된 소녀와 소년은 주위의 축복 속에 결혼을 했습니다. 바닷가 마을 사람들도 순박하고 평화를 사랑했기에 그곳도 그런대로 살 만한 곳이었습니다. 다만, 소년에게도 나름 힘든 일이 있었는데, 그것은 소녀가 만든 짠 음식을 먹는 것이었습니다. 원래 소년이 살던 호숫가에는 소금이 없었기에 그랬을 겁니다. 그래도 소년은 내색하지 않고, 소녀가 차려주는 음식을 맛있게 먹었고, 즐거운 마음으로 설거지를 도맡아 했습니다. 그렇게 평화로운 일상이었습니다. 둘 사이에서 태어난 아이들도 10살이 되자 바닷가에서 어부들을 돕는 일을 하러 나갔습니다.

결혼 후 15년쯤 된 어느 날 소녀(이제는 아줌마)가 저녁식탁에서 소년(아저씨)에게 넌지시 물었습니다. "여보, 국에 소금을 조금 더 칠까요?" 소년(아저씨)은 속으로 '지금도 짠데'라고 생각하며 "아니, 괜찮소." 하고는 그냥 묵묵히 식사를 계속했습니다. 그 후 몇 번 그런 대화가 있은 후에는 소금을 더 칠까 말까의 이야기는 더 이상 나오지 않았습니다.

결혼 후 20년이 좀 지난 어느 날 소녀(이젠 정말로 아줌마)가 소년(중년 아저씨)에게 물었습니다. "여보, 국에 소금을 조금 더 칠까요?"

소년(중년 아저씨)은 잠시 생각했습니다. '난 지금도 짠데 혹시 싱거워서 그런가?' 그리고는 이렇게 답했지요.

"난 괜찮은데 혹시 당신은 싱거우면 소금 더 치도록 하구려." 그러자 소녀(아줌마)는 조금 서운한 표정으로 묵묵히 식탁만 바라보며 식사를 했습니다. 그날 저녁에는 집안에 조금 차가운 기운이 돌았습니다.

소년(아저씨)은 소녀(아줌마)가 왜 그러는지 약간 의아한 생각이 들었습니다. 다음날 친구들을 만나서 맥주 한 잔 하면서 집에서 있었던 일을 이야기하고 조언을 구했습니다. 그러자 그중 '선수'로 유명한 친구가 한심하다는 표정을 지으며 말했습니다.

"이 친구야, 그건 제수씨가 소금 더 치고 싶다는 거잖아?" 그러자 소년(중년 아저씨)은 더 의아해 했지요. "아니, 그러면 더 치면 되지 왜 나한테 물어보고, 또 나도 더 쳐야 하는 거야?" 그러자 '선수'가 말했습니다. "아마도 소금 더 치는 일에서도 너하고 같은 의견이고 싶은 게지. 좋겠어." 하고 다소 비꼬듯이 말했습니다.

그날 이후 소년(중년 아저씨)은 소녀(중년 아줌마)가 "소금 더 칠까?"라고 물어보면 항상 "응, 맞아, 나도 그러고 싶었는데……"라고 대답하고는 소금을 더 쳤습니다. 그 이후로 식사분위기가 화기애애해진 것은 물론이지요.

그런 후 몇 년이 더 흘렀습니다. 그리고는 우연한 일이 있었는데, 그 일을 통해 소년은 소금 간에 대해 좀 더 생각해보게 되었답니다. 그건 소녀(중년 아줌마)의 친척 한 분이 집을 방문하여 저녁식사를 하면서 음식이 너무 싱겁다고 한 것이었습니다. 그날 저녁 이후 며칠 동안 소년은 음식의 간에 대해 더 생각해 보았습니다.

이웃의 음식들을 찬찬히 떠올려보니 소년(중년 아저씨)네 음식보다 모두 더 짜고 매웠습니다. 그때서야 소년은 깨달았습니다. 소녀가 지금까지 자기를 위해 소금을 조금만 넣어서 요리를 해 왔다는 것을. 소녀는 바닷가 음식과 호수 음식의 중간 정도의 간으로 음식을 했던 것입니다. 그런 연유로 음식의 간은 소년에게는 짰던 것이고, 소녀에게는 당연히 싱거웠겠지요.

그러던 어느 날입니다. 아마도 결혼기념일이었을 겁니다. 배불뚝이 아저씨가 된 소년은 중년 아줌마가 된 소녀에게 저녁식사를 대신 준비하겠다고 제안했습니다. 그리고는 바닷가 음식에 맞추어 음식 간을 했습니다. 나름 열심히 요리한 소년은 의기양양해 하며 말했지요. "간은 어떻소?" 그러자 소녀(중년 아줌마)가 말했습니다, 인상을 살짝 찡그리면서. "아니 음식들이 왜 이리 짜요? 소태같애!"

사랑의 인사

히말라야 산중에 조그마한 마을이 있었습니다. 마을 사람들은 깎아지른 듯 험한 산비탈에 손바닥만 한 밭을 일구어 감자, 옥수수, 메밀 등을 키웠습니다. 그리고 야크와 염소를 키워 젖을 짜서 그대로 마시거나 버터를 만들어 먹었습니다. 마을 사람들은 소박하게 살았습니다. 물론 모두들 각자의 삶을 지키고 가족을 돌보기 위해 열심히 살았지요.

마을의 소녀와 소년들은 나이가 차면 서로 사랑하는 짝을 찾아갔습니다. 짝을 찾는 과정이 순탄치 않거나 잘 풀리지 않을 때에는 산속 깊은 곳에 있는 현자(賢者)를 찾아가 도움을 청했습니다.

계절의 여왕이라는 5월이 막 지나가는 어느 날이었습니다. 그날도 여러 소년과 소녀들이 사랑의 과정이 순탄치 않음을 안타까워하며 현자(賢者)를 찾아갔습니다. 사랑에 계속 실패하던 한 청년이 먼저 현자에게 물었습니다. "지혜로운 현자시여. 저는 열렬한 애정을 가지고 제가 사랑하는 사람을 대합니다. 그리고 그녀(들?)의 아픔, 기쁨 등등의 감정에 대해서도 공감하고자 노력합니다. 그렇지만 번번이 사랑에 실패합니다. 제게 가르침을 주시고 저의 부족함을 일깨워주십시오." 현자는 빙그레 웃으며 "일단 다른 사람의 얘기도 들어봅시다." 하며 다른 사람들에게도 고민을 털어놓아 보라고 했습니다.

그러자 한 소녀가 자기의 고민을 현자에게 이야기했습니다. "저는 그 사람을 열렬히 좋아하고 사랑합니다. 그 사람을 보살펴주고 또 돕고 싶습니다. 폐가 안 좋아서 집안 대대로 폐결핵에 걸리는 데도 그 사람은 담배를 계속 피우네요. 그래서 너무 걱정이 되어 제가 담배를 모두 감춰버렸답니다. 제가 이렇게 그 사람을 보살펴 주려고 노력하고 또 열렬히 좋아하지만 아직 그 사람과 사랑하는 사이가 되지 못했습니다. 너무도 슬프고요. 현자의 가르침을 통해 저의 부족한 부분을 깨닫고 싶어요." 현자는 또 은은한 미소를 보이며 다음 사람의 이야기를 계속 들어보자고 했습니다.

이렇게 모든 사람의 이야기를 다 들은 현자는 드디어 사랑을 이루는 비법에 대해 설명하였습니다. 현자는 오랫동안 각자에게 맞는 방식으로 이야기를 했습니다. 현자의 설명을 요약하면 다음과 같습니다.

현자는 사랑이 이루어지려면 각자에게 최소한 세 가지가 필요하다고 했습니다.

첫째는 사랑하는 사람의 감정, 의견, 주장 등을 자기 것으로 느끼는 정서적 교류 내지는 공감입니다. 공감은 두 연인의 정서적 동질성, 교감, 상대방에 대한 호감 등등의 정도를 나타낸답니다.

둘째는 사랑하는 사람을 도와주고 보살펴주고 싶은 마음이 가슴에서 우러나오는 배려입니다. 배려는 상대방을 기꺼이 아끼고 지켜주고 싶은 마음이랍니다.

셋째는 사랑하는 사람에게 열렬한 애정을 가지고 열중하는 열정입니다. 열정은 상대방에 대한 갈구, 사랑을 향한 강한 의지를 가리킨다는군요. 셋 중에 어느 하나가 모자라면 안 되고, 또 어느 하나만 지나쳐도 안 된답니다.

그러면서 현자는 삼각형을 예로 들었습니다. 세 변의 길이가 적당해야 삼각형이 되고 어느 하나가 너무 길면 삼각형이 안 되듯이, 공감, 배려, 열정이 조화로울 때에만 사랑이 가능하다고 했습니다.

"삼각형의 법칙에 의해 공감+열정 〉배려, 열정+배려 〉공감, 공감+배려 〉 열정의 관계가 성립해야 삼각형이 될 수 있다. 즉 어느 한쪽만 두드러지면 삼각형이 형성되지 않으며 사랑이라고 볼 수 없다. 삼각형이 형성되더라도 세 변의 크기가 고르지 않으면 삼각형의 모양이 찌그러지고 또 삼각형의 면적도 작아진다. 이렇게 만들어진 삼각형의 면적이 바로 사랑의 깊이이다. 그리고 두 사람의 삼각형이 어울리는 모양일 때 비로소 아름다운 사랑이 이루어진다." 라고 하였습니다.

맨 처음 현자에게 사랑의 고민을 털어놓았던 청년은 자기가 사랑하는 사람에 대한 배려가 부족했던 것을 가슴깊이 깨닫고 이를 마음에 새겼습니다. 그리고 열정과 공감만 앞세우고 배려가 부족했던 것을 반성하였습니다. 두 번째로 이야기를 한 소녀도 공감이 부족했던 것을 깨달았습니다. 그 사람이 담배를 피우는 행위를 안타까워했지만, 담배를 피우는 이유에 대해서는 무심했던 것을 반성한 것이지요.

현자의 이야기가 조금 길어지자 소년, 소녀들 중 일부는 졸기도 하였고, 또 내용을 잘 이해하지 못하겠다는 표정을 지었습니다. 그러자 현자는 모두가 이해하기 쉽도록 손을 이용하여 추가로 설명해 주셨습니다. 현자는 오른손과 왼손을 펴서, 엄지는 엄지끼리 검지는 검지끼리, 중지는 중지끼리, 약지는 약지끼리, 새끼손가락은 새끼손가락끼리 만나도록 하였습니다. 그리고는 이렇게 손가락끼리 만난 두 손을 가슴 앞으로 모아 삼각형을 만들었습니다.

소년, 소녀들은 이내 그 뜻을 알아챘습니다. 그리고 그 후에는 사랑에 어려움이 있을 때마다 현자의 가르침을 되새기며 두 손을 가슴에 모으고 삼각형을 만들어보며 자기에게 부족한 부분을 되돌아보았습니다. 그리고 마을 사람들에게도 현자의 가르침을 전했습니다. 그 후부터 사람들은 자기가 존경하거나 사랑하는 사람을 만나면 인사로 두 손을 가슴 앞으로 모아 삼각형을 만들어 보였습니다. 존경과 사랑의 표시로.

가장 먼저 처음 현자에게 고민을 털어놓았던 청년은 자기의 부족한 부분에 대해 반성을 했고, 이후에 사랑에 성공하였습니다. 몹시 추운 어느 겨울날, 청년은 사랑하는 아내를 집밖에서 만났습니다. 히말라야의 눈바람이 매섭게 몰아치는 날이었지요. 청년은 손가락이 너무나 시려서 자기도 모르게 삼각형 인사를 하던 오른손과 왼손의 검지부터 새끼손가락까지 손가락들을 구부리게 되었습니다. 날이 너무 추웠거든요. 그리고 왼손과 오른손의 엄지손가락도 무척 시렸기에 자기 가슴에 대고 체온으로 손가락을 녹이려고 했습니다. 그리고 자기 손을 보니 문득 자기 심장과 비슷하다는 생각이 들었답니다. 청년의 아내도 장난삼아 청년을 따라서 손으로 심장 모양을 만들어 보였습니다.

이후 두 사람은 만나서 인사할 때마다 손으로 심장모양을 만들어 상대방에게 보였답니다. 그런데 마을의 다른 청년과 처녀들이 이 모습을 보고 이내 따라하게 됩니다. 이 풍습은 이후 세상 곳곳으로 퍼져 나갔습니다.

한편, 절에서 수양을 하는 스님들은 이러한 손 인사법을 자기들에게 맞추어서 조금 바꾸었습니다. 스님들은 배려의 마음을 가득담은 자세로 (열정은 빼고) 상대방을 대합니다. 그래서 항상 왼손과 오른손의 손바닥을 맞대고 인사를 하지요. 이른바 합장을 하는 것이지요. 그건 마음을 비워서 도를 닦겠다는 다짐의 표시이기도 하답니다.

아주 큰 욕심

아라비아의 사막 한가운데 오아시스에 평화로운 왕국이 있었습니다. 왕국의 크기는 작았지만 주변의 사막과 어우러진 오아시스의 풍광은 아주 아름다웠습니다. 가끔 인도양에서 불어오는 안개가 왕국을 감싸고 안개비를 뿌릴 때에는 왕국 전체가 신비로운 기운에 감싸였습니다.

온종일 내리쬐던 강렬한 해가 뉘엿뉘엿 서쪽으로 넘어갈 때가 되면 사람들은 거리로 나왔습니다. 그들을 하루 내내 괴롭히던 뜨거움이 곧 잦아들 것이라는 희망을 품고서…… 그리고 오아시스에 눈부시게 반사되는 석양에게 아침까지 잠시 작별을 고하였습니다. 이 작은 왕국에 사는 사람들은 낙타를 타고 주변을 돌아다니며 장사를 하고 왕국을 지나는 상인들에게 잠자리와 먹을거리를 제공하면서 평화롭게 살았습니다.

그러나 평화로운 오아시스 왕국도 자세히 들여다보면 집집마다 수많은 사연이 켜켜이 쌓여 있었습니다. 작은 왕국이라서 보잘 것 없는 왕권이었지만 이를 노리는 왕족과 신하들도 꽤 있었습니다. 작은 왕국이라 모을 수 있는 재산도 얼마 되지 않았지만 다른 사람보다 조금 더 가진 것을 으스대며 뽐내는 속물들도 여럿 있었음은 물론이지요. 가난한 사람의 하루 먹거리를 속여서 빼앗는 사기꾼, 훔치거나 빼앗는 도둑이나 강도도 물론 있었답니다. 이들 또한 사실은 나름대로는 치열하게 살고 있는 것이었지요.

그중 어떤 도둑 둘은 항상 함께 도둑질을 했고, 훔친 물건은 사이 좋게 나누어 가졌습니다. 이들은 가족도, 잠자리를 구할 돈도 없었기에 오아시스 근방 사막에 모래 굴을 파고 그곳에서 살았습니다. 그러던 어느 날 이들은 사막에서 안경을 발견했습니다. 이들은 안경을 팔아서 저녁 끼니거리를 사기로 하였습니다. 그런데 도둑 중 한 명이 장난삼아 안경을 끼고 시장 사람들을 보다가 이상한 점을 발견하였습니다.

안경을 끼자 사람마다 그림자 크기가 다르게 보이는 것이었습니다. 구걸하는 거지의 그림자는 아주 작게 나타났습니다. 어느 돈 많은 상인의 그림자는 유독 크게 나타나 보였습니다. 속임수를 잘 쓰는 시장 상인을 보니 그림자가 더 크게 나타났습니다. 마침 왕의 총애를 받는 장관이 시장을 지나고 있어서 그를 보니 그의 그림자는 엄청 크게 나타났습니다. 도둑들 중 제법 똑똑한 도둑이 이내 그림자의 뜻을 알아챘습니다. 안경을 끼고 보면 다른 사람의 욕심의 크기가 바로 그림자 크기로 나타나는 것이었습니다.

도둑들은 안경을 팔려던 계획을 바꾸었습니다. 그리고는 안경을 이용해서 사업을 시작했습니다. 그것은 안경을 이용해 돈 많은 사람들을 찾아내어 그 사람들의 집에 들어가 물건을 훔치는 것이었습니다. 욕심이 많은 사람들은 대부분 돈을 많이 벌어서 집에도 재물을 많이 쌓아 놓는다는 점을 이용한 것이지요.

그들의 사업은 번창해서 금방 큰돈을 모을 수 있었습니다. 그쯤에서 도둑질을 그만두었다면 평생 편하게 먹고 살 수 있었을 겁니다. 그렇지만 쉽게 큰돈을 번 그들의 욕심은 더 커졌고, 돈을 더 모으기 위해 도둑질을 계속했습니다.

꼬리가 길면 밟힌다고 도둑질은 결국 들키게 됩니다. 그들은 어느 장관의 집에 몰래 들어가다가 그만 경비병에게 발각되었습니다. 급히 도망치던 중 한 명은 화살을 맞고 죽었습니다. 남은 한 명은 안경을 챙겨서 간신히 도망쳤습니다. 구사일생으로 살아남은 도둑은 생각했습니다. '도둑질은 위험하니 다른 방식으로 안경을 이용해야겠다.'

그래서 그는 은밀히 왕실에 접근했습니다. 자기 신분은 사막을 여행하며 새로운 사업을 찾고 있는 외국의 부자로 위장했습니다. 도둑질로 모아놓은 금화와 은화를 뇌물로 주고 왕의 비서실장을 만났습니다. 그는 비서실장에게 왕과의 면담을 부탁했습니다. 뇌물에 넘어간 비서실장은 면담이 성사되면 성과급 뇌물을 또 받는다는 조건으로 왕과 도둑의 만남을 주선했습니다.

왕을 만난 도둑은 담대한 사업제안을 했습니다. 그것은 왕을 몰아낼 생각을 가지고 있는 왕족이나 신하를 찾아내 주겠다는 것이었습니다. 자기는 사막에서 수행을 해서 사람의 마음을 꿰뚫어 보는 신통력을 가지게 되었다고 거짓 주장을 했습니다. 역심을 품은 이들의 재산을 압수해서 왕이 70%, 자기가 30%로 나누어 갖자고 제안했습니다. 다른 왕족이나 신하들이 자기를 몰아낼까 전전긍긍하던 왕은 도둑의 제안에 쉽게 넘어갔습니다. 다만 몰수한 재산의 분배비율은 3:1로, 즉 75% 대 25%로 하자고 했습니다. 도둑은 못이기는 척 그 제안을 받아들였습니다.

왕의 신임을 얻은 도둑은 커튼 뒤에 숨어서 왕족들과 신하들을 살펴보았습니다. 물론 안경을 쓰고서 이지요. 그중 유독 그림자가 큰 신하 한 명을 어렵지 않게 찾을 수 있었습니다. 도둑의 신호를 받은 왕은 그 신하를 체포하라 명령했습니다. 그리고는 왕의 명을 받은 군사들이 그 신하의 집을 수색해서, 신하가 숨겨두었던 많은 무기와 군사자금 등을 찾아냈습니다. 그 신하는 왕을 몰아내고 자기가 왕이 되려고 비밀리에 무기와 돈을 모으고 있었던 것입니다.

이 일로 도둑은 왕의 절대적 신임을 얻게 되었습니다. 신하들도 도둑을 크게 두려워하게 되었지요. 도둑이 하는 일은 아주 간단했습니다. 커튼 뒤에서 신하들을 살피다가 유독 그림자가 큰 신하를 찾으면 되는 것이었습니다. 그렇지만 도둑의 일거리는 금세 없어집니다. 워낙 작은 왕국이라 조사할 왕족과 신하의 수도 적었으니까요.

그래서 도둑은 왕에게 새로운 제안을 했습니다. 일반 시민이나 상인중에도 큰 욕심이 있는 사람이 있을 수 있으니 자기가 그들을 찾아내겠다고 제안했습니다. 왕은 그 제안도 바로 받아들였습니다. 왕은 역심을 품은 신하의 재산을 몰수해서 그 돈으로 흥청망청 파티를 여는데 어느 틈에 익숙해져 있었습니다. 씀씀이가 커진 왕은 새로운 수입원이 절실하게 필요했던 것이지요.

도둑은 비밀경찰의 책임자가 되어 막강한 권력을 쥐게 되었습니다. 하지만 도둑이 하는 일은 아주 간단했습니다. 변장을 하고 부하 몇몇을 거느리고 시장을 돌아다니면 되는 것이지요. 그러다 그림자가 큰 사람을 발견하면 잡아갔습니다. 대개 그들은 정치적 야심보다는 돈에 대한 욕심이 과한 사람들이었습니다.

왕의 입장에서는 나쁘지 않은 거래였습니다. 돈에 대한 욕심이 큰 사람들은 대개 왕에게 뇌물을 주고 풀려났습니다. 왕은 사치스런 파티를 계속 열 수 있었고 도둑은 비밀경찰 책임자 자리를 계속 유지할 수 있었습니다. 또 그런 사람들은 저울을 속이거나 속임수를 써서 돈을 버는 경우가 많았기에 왕국의 보통 사람들은 그들이 겪은 고통이나 손해에 대해 오히려 고소하게 생각했습니다.

그러던 어느 날 시장을 돌아다니던 도둑은 깜짝 놀랐습니다. 자기가 지금까지 본 것과는 비교도 되지 않을 정도로 큰 그림자를 가진 사람을 발견했기 때문입니다. 그 사람의 그림자는 온 시장을 덮을 수 있을 정도로 크고 넓었습니다. 그 사람의 직업을 확인한 도둑은 다시 한 번 놀랐습니다. 그는 시장 한구석에서 사람들의 발 냄새 나는 신발을 고쳐주면서 근근이 살아가는 신발수선공이었던 것입니다. 도둑은 처음에는 그 신발수선공이 신분을 숨긴 외국의 첩자이거나 혹은 지금의 왕에게 쫓겨 난 왕일 거라고 생각했습니다. 그래서 서두르지 않고 은밀히 신발수선공의 주변을 조사했습니다. 신발수선공을 조사하면서 도둑은 여러 차례 더 놀라게 됩니다.

신발수선공은 외국의 첩자도 아니었고 더더구나 쫓겨 난 왕과는 아무 관계가 없었습니다. 혹시 재산을 숨겨놓은 부자인가 싶어 조사해 보았더니, 그는 동료 신발수선공들보다 조금 더 재산을 모으긴 했으나 그들과 마찬가지로 가난뱅이였습니다. 하루 두 끼의 식사를 거르지 않으면 정말로 감사하게 생각하는 사람이었습니다. 저녁반찬으로 생선튀김을 먹을 수 있으면 그걸로 만족하는 욕심 없는 사람이었습니다. 도둑은 점점 더 신발수선공을 의심하게 되었습니다. 무언가 큰 비밀이 있고 그 비밀을 감추기 위해 위장하고 있다고 확신했습니다.

도둑, 아니 비밀경찰 책임자는 신발수선공을 잡아 감옥에 가두고 취조를 하기 시작했습니다. 주변사람들을 대상으로 신발수선공의 비리에 대해 탐문수사를 했습니다. 그렇지만 신발수선공의 조그마한 흠결도 찾아낼 수 없었습니다. 조급해진 도둑은 신발수선공에게 스스로 알아서 큰 욕심에 대해 자백하라고 윽박지르고 갖가지 방법의 고문으로 그를 괴롭혔습니다.

며칠 동안 심한 고문에 시달리던 신발수선공은 어느 날 드디어 자기 욕심에 대해 자백하기 시작했습니다. 신발수선공이 말하기를, 자기는 그것이 욕심인 줄은 몰랐으나 만일 욕심이라면 현세의 기준으로는 어마어마한 욕심을 자기가 가지고 있다고 하였습니다. 도둑은 '드디어 큰 건을 하나 했구나.' 생각하며 신발수선공에게 욕심에 대해 자세히 자백하라고 윽박질렀습니다.

신발수선공이 자백한 욕심은 다음과 같았습니다. "제가 사랑하는 사람이 있습니다. 저는 그 사람을 너무나 사랑합니다. 남아있는 삶의 기간 내내 그 사람을 사랑하며 함께 살고 싶습니다."

이야기를 들은 도둑이 물었습니다. "사랑은 많은 사람들이 하는데 그게 왜 욕심인가?" 그러자 신발수선공이 말했습니다. "제 사랑이 현세에 그치지 않고 내세에도 이어지길 바라기 때문입니다. 다음 생에도, 또 그 다음 생에도 이어지는 사랑을 하고 싶습니다. 이것은 기적을 바라는 마음이고, 또 아무에게나 허락될 수 없는 너무나 큰 바람이기에 제 욕심이 큰 것이 맞습니다."

신발수선공의 이야기를 들은 도둑은 허탈해졌습니다. 그렇지만 신발수선공을 그냥 풀어주자니 자기 권위가 떨어질 것이 걱정되었습니다. 그래서 엉뚱한 죄목으로 신발수선공을 처벌하기로 했습니다. 누군가를 정말로 깊이 사랑한다는 죄목으로 처벌한다는 것이 어처구니없음을 알기 때문이었지요. 그래서 신발수선공을 외국의 첩자로 둔갑시켜서 가혹하게 처벌하기로 결심했습니다.

그때였습니다. 오색의 구름이 오아시스 왕국을 덮으면서 관세음보살이 나타났습니다. 관세음보살은 인자한 미소를 띠며 신발수선공에게 말했습니다. "아이야, 외출은 재미있었느냐? 이제 누명도 벗었으니 내 곁으로 돌아오도록 해라." 아! 신발수선공은 관세음보살의 시동이었던 것입니다.

사람의 욕심을 보는 안경은 원래 관세음보살의 안경이었습니다. 그 안경이 어느 날 없어지자 관세음보살의 시동은 안경을 훔쳤다는 누명을 쓰고 오아시스 왕국으로 추방되었습니다. 둘이 만난 지 이제 막 100일이 된 시동의 이성 친구도 추방 사실을 알고는 자원해서 같이 추방되었습니다. 그렇게 둘은 오아시스 왕국에서 살게 되었던 것이지요.

신발수선공이 말했습니다. "고맙습니다만 저는 이승에 남아 억겁의 기간 동안 지속되는 윤회의 수레바퀴를 따라가겠습니다." 그러자 관세음보살이 온화한 미소를 띠며 말했습니다. "이제 너도 사랑의 고통이 주는 참 맛을 알게 되었구나. 그래, 고통은 고통대로, 환희는 환희대로 누릴 수 있게, 네 사랑을 찾아가도록 해라. 그렇지만 이제 이곳에는 머물 수 없으니 네 사랑과 함께 다른 곳으로 옮겨주마." 관세음보살은 또 도둑에게 말했습니다. "그래, 너도 제자리로 돌아가야지." 도둑은 사실 관세음보살이 키우던 애완용 고양이였던 것입니다.

신발수선공은 관세음보살의 온화한 미소를 보며 스르르 잠이 들었습니다. 꿈속에서도 그는 사랑하는 사람과 함께 있었습니다. 그가 잠에서 깨어나는 순간 오아시스 왕국에서의 일은 기억 저편으로 아스라이 사라질 것입니다.

내세에서도 신발수선공과 그가 사랑하는 사람은 다시 만날 거랍니다. 누가 남자로, 누가 여자로 태어날지는 관세음보살도 알지 못한답니다. 그리고 그것이 그리 중요한 일도 아니고요. 서로 사랑하는 사이에 누가 여자로, 누가 남자로 환생하느냐가 무슨 대수이겠어요?

따스한 포옹

　높디높은 하늘 저 멀리까지 수많은 우주가 켜켜이 연결되어 있다. 내가 살던 우주는 대혼돈(大混沌)의 신이 관장하는 곳이었는데 서열이 꽤 높은 우주였다. 그곳이 어떤 곳인지 궁금하면 그냥 장자(莊子)의 『소요유(逍遙遊)』 첫 구절을 상상하면 될 것이다.

　나는 그곳에서 대혼돈 신의 따님을 보살피는 집사 중 한 명이었다. 나는 그녀가 갈증을 느낄 즈음에 아름다운 크리스탈 잔에 음료를 담아서 갖다 드리는 비교적 단순한 일을 담당하였다. 나와 동년배인 그녀는 눈부시게 아름다웠다. 특히 그윽하고 깊은 눈은 감히 정면에서 본 적은 없지만, 보기만 해도 빨려들어 갈 것 같았다.

　내 신분이 집사에 불과하였기에 감히 그녀를 사랑한다는 생각은

해 보지 않았다. 그러나 마음의 흐름은 막을 수 없었나 보다. 어느 틈엔가 내 마음은 모두 그녀에게 가 있었다. 어느 날 음료를 가지고 가던 나는 그녀에게 눈길을 주다가 그만 그녀의 드레스를 밟고 미끄러졌다. 음료는 드레스에 쏟아지고 크리스탈 잔은 깨어지고 말았다. 집사가 해서는 안 되는 큰 실수를 저지른 것이다. 이 일로 대혼돈의 신은 크게 노하셔서 나를 지금의 세상으로 추방하였다.

그리고 얼마 후에는 대혼돈 신의 따님도 지금의 세상으로 내려왔다. 무슨 일이 있었는지는 굳이 알고 싶지 않다. 어쩌면 혼돈이 아닌 질서가 있는 세상을 창조하고 싶어 하던 따님의 청을 대혼돈 신이 들어준 것일지도 모르겠다. 그녀는 이곳 세상에서 대지(大地)가 되었다. 온갖 생명과 무생물을 품어 키우고 자라게 하신다. 대혼돈 신과 따님의 생각을 내가 다 이해하기는 어렵다. 그래서 굳이 알려고 하지도 않는다. 다만 내가 할 수 있는 한 그녀를 보살피려고 할 뿐이다. 내가 가진 조그마한 힘으로나마.

이곳에서도 나는 그녀가 갈증을 느낄 즈음에나 그녀에게 다가갈 수 있다. 차갑게 얼었던 그녀가 조금씩 녹아 봄기운이 아스라이 느껴지는 한편 그녀의 갈증이 가장 심해졌을 즈음, 갈증을 잠시나마 풀어주는 한 모금의 역할을 한다. 다소 철이 지났지만 그래도 가장 순수하고 아름다운 순백의 옷을 입고 꽃을 뿌리며 그녀에게 다가간

다. 그리고 내 온 몸을 다해 그녀를 포근히 감싸 안는다. 가끔 그녀
는 불편한 마음을 내게 차갑게 내비치기도 한다. 그래도 상관없다.
아니, 어쩌면 그러기를 바라는지도 모르겠다. 그녀를 더 오래 포근
하게 감싸 안을 수 있으니…….

때로는 그녀가 따스한 마음으로 나를 대하기도 한다. 그럴 때에
나는 너무나 황홀하여 내 몸을 모두 던져 그녀의 몸을 감싼다. 그리
고 내 몸은 공중에서 순식간에 녹아내린다. 짧은 만남에 대한 아쉬
움을 느낄 겨를도 없다. 내 몸은 그녀가 느끼는 봄의 갈증을 잠시나
마 잊게 해 줄 것이다.

나는 대혼돈의 우주에서보다 지금 더 행복하다. 그녀를 볼 수 있
고, 그녀를 잠시나마 따스하게 감싸 안을 수 있고, 그녀의 갈증을 풀
어줄 수 있으니…… 그리고 내년에도, 후년에도 또 그 후에도 영원
히 계속 그녀에게 다가갈 수 있으니…… 나 혼자 키우는 사랑이고
아주 짧은 순간만 그녀에게 다가갈 수 있지만, 나의 사랑은 그래도
영원히 지속될 것이다.

첫 키스의 추억

　깊은 꿈속에서 나는 미래의 나로 환생하였다. 그리고는 내 사랑을 다시 만났다. 미래에서도 지금의 사랑이 이어지며 그와 나는 서로 사랑하는 사이가 되었다. 내가 여자였는지 남자였는지는 잘 기억나지 않는다. 아무튼 우리는 미래에서도 서로 사랑하는 사이였다.

　그리고 미래의 우리는 서로를 첫사랑의 상대로 만났다. 처음 만나긴 하였지만 지금 사랑의 느낌이 전해져서인지, 서로에게 바로 끌렸던 것 같다. 그렇지만 서로가 지금의 삶에 대해 막연한 느낌으로라도 알고 있었는지는 잘 기억나지 않는다. 미래의 첫 만남의 느낌이 너무도 강렬해서 지금의 삶에 대한 기억이 살아날 틈이 없었을 것이다.

그렇지만 안타깝게도 깊은 꿈속의 시간은 너무도 빨리 흘러서 나는 서둘러 지금으로 돌아와야 했다. 서둘러 오는 사이에 미래에서 그와 같이 한 삶의 기억은 모두 지워졌다. 다만 그(그녀?)와의 첫 키스의 순간은 두근거림과 함께 너무도 생생하게 그 느낌이 남아 있다.

그(그녀)가 나를 끌어당겼는지, 내가 그(그녀)를 먼저 안았는지 잘 기억나지 않는다. 찰나의 순간이었지만 시간이 멎은 듯 그 순간은 영원히 길었다. 내 심장박동은 터질 듯이 빨라지고, 또 그(그녀)의 가슴의 두근거림이 그(그녀)의 숨결과 혈관의 미세한 박동으로 내게 전해졌다. 온 몸의 감각기관이 무한대로 예민해져서 손길이 전해주는 전기, 촉촉한 입술의 촉감이 맑은 물에 떨어진 잉크 방울처럼 온 몸에 퍼지면서 머릿속이 하얘지던 그 순간.

깊은 꿈속의 시간은 너무나 빨리 흘렀고, 나는 서둘러 지금으로 돌아와야 했다. 그건 아마도 미래의 사랑이 지금의 사랑을 방해하지 못하게 하려는 신의 배려였을 것이다.

화려한 귀향

따스한 봄 햇살이 비추고, 봄비가 대지를 촉촉이 적실 때에는 행복한 나날의 연속이었다. 햇살은 점점 따가워졌지만 한동안은 그런대로 괜찮은 날들이었다. 이른 여름 가뭄이 찾아와서 우리의 일상이 모두 헝클어지기 전까지는…… 일찍 찾아온 가뭄이 계속된다. 대지는 말라버리고 공기는 메말라간다. 타는 듯 목마름을 느낀다. 그럴 때면 한 방울의 물을 차지하려고 우리는 온 몸을 뻗으며 서로 경쟁한다. 서로의 팔과 다리가 마구 엉키고 일부는 잘려져 나가기도 한다.

가뭄이 계속되면서 점차 화석화 되는 삶이다. 그냥 마르고 칼칼하고 척박한 삶을 이어나간다. 그래도 죽지 않고 사는 삶이다. 목마른 삶이다. 때로는 강퍅한 다른 삶과 부대끼다 폭발하기도 한다. 그럴 때면 우리는 온 몸을 다해 싸우는구나. 조그만, 새털같이 가벼운 이익을 위해 자존심을 일찌감치 내려놓고, 악다구니로 싸운다. 싸우는 게 싫은 친구들은 한쪽 구석으로 밀려나 서서히 말라간다. 축축한 습기를 찾아야 하는 구지레하게 처진 삶이다. 그래도 말라비틀어지는 것보단 나을 거라고 생각하며 치열하게 산다.

마침내 우리는 서로에게 화난 얼굴로 대하며 사소한 스침에도 화를 내는구나. 그러다가 어느 틈엔가 작은 스침이 뜨거움으로 변하는구나. 모두가 타오른다. 그 와중에 뜨겁게 내 생을 마무리하는구나. 내 온 몸을 불사른다. 주위의 친구들도 이제 더 이상 싸우지 않고 기쁜 마음으로 서로에게 뜨거움을 전하며 모두 기꺼워한다. 우리는 주변의 친구들도 축제에 초대한다. 계획되지 않은 길로 마구 돌아다니며 축제를 벌인다.

마침내 우리는 모두 활활 타오른다. 나를 지탱하고 또 속박하던 줄기도 모두 타오른다. 드디어 나는 자유의 몸이 되는구나. 내가 차지했던 한 뼘 남짓의 땅도 이제 내어 놓고 뜨겁게 내 생을 마무리하는구나. 내 친구들도 다시 원소로 돌아가는구나. 언젠가 그들 중 일부는 무언가로 환생하겠지. 나는 고향에 돌아가면 그냥 무심히 쉬련다. 아주 오래…….

이심전심

　우리는 높은 하늘나라에서 이곳으로 내려왔다. 하늘나라에서 우리들이 어떤 존재였는지는 잘 기억나지 않는다. 내려오면서 기억들이 다 사라진 것 같다.

　하늘나라에서처럼 이곳에서도 우리는 서로 사랑하는 사이이다. 서로를 넉넉한 마음으로 이해하며, 구속하지 않는다. 때로는 아주 좁은 공간에서 서로의 숨소리, 심장 박동, 체온을 느끼기도 한다. 때로는 무심히 서로를 스치며 마치 모든 인연이 다 소진된 사이처럼 지내기도 한다. 물론 그때는 방전된 배터리를 충전하듯이 우리의 사랑을 다시 채우는 기간이다.

　만나서 사랑하고 그 사랑이 다 될 즈음 우리는 생을 마감하고 다시 태어난다. 다시 태어난 우리는 서로를 단번에 알아보고 다시 사랑한다. 처음에는 이렇게 반복되는 사랑의 윤회가 어쩌면 하늘나라에서 우리가 저지른 죄에 대한 벌일지도 모른다는 생각도 들었다. 그렇지만 그 과정을 무한히 반복하다 보니 우리도 어느 틈에 사랑에 중독되었다. 우리의 반복되는 사랑은 벌이 아니라 상이었을 것이라는 생각이 점점 더 강해진다. 무한히 반복되는 이 사랑의 순환 과정이 기쁘기도 하고, 또 다음의 사랑이 기다려지기도 하니까……

언젠가 우리는 나무와 구름으로 태어났었다. 누가 나무였고 누가 구름이었는지도 이제는 가물가물하다. 그래도 구름과 나무가 서로 사랑하며 느낀 기쁨, 그리움, 아쉬움 등을 비교적 생생히 기억한다. 서로 말을 하지 않아도 구름의 마음은 나무에게, 나무의 마음은 구름에게 그대로 전해졌던 것 같다.

우리는 바위와 난(蘭)으로도 태어났었다. 바위로 태어난 우리 둘 중의 하나는 몸이 찢기고 생채기 나는 아픔도 겪었다. 고귀한 난을 품기 위해서는 바위에 틈을 내야 했기 때문이다. 그래도 은은한 난의 향기에 취한 바위는 한없이 행복했고, 바위의 마음은 연한 두부 같이 부드러웠다.

우리는 잠자리와 개구리로 태어나 서로 먹고 먹히는 존재였던 적도 있다. 그 때에도 우리는 서로를 원망하지는 않았고 바로 하나가 되었다. 서로를 느낌으로 알았으니까.

우리 둘 중 하나가 대지(大地)로 태어나면 다른 하나는 봄눈으로 태어날 것이다. 그래서 대지가 가장 목마를 때 갈증을 풀어주는 한 모금의 역할을 하며 대지를 포근히 감싸 안을 것이다. 그때 대지가 된 짝은 잠시 고민할지도 모르겠다. 따뜻하게 상대방을 맞아서 만남이 찰나에 그치게 할 건지, 아니면 그를 쌀쌀맞게 맞아서 같이 하는 시간을 좀 더 길게 할지를.

날이 좀 더 더워지면 우리 둘 중 하나는 광장의 꽃으로 태어날지도 모른다. 그래서 무심한 그의 손길이 오랜 잠에 취한 꽃을 깨워주기를 기다리고 있을지도 모른다.

강물의 마음

　나는 낮은 곳으로 향한다. 봄에는 생동감 넘치는 경쾌한 흐름으로, 여름에는 활기찬 생명력을 담아 거침없는 흐름으로, 가을에는 차분하게 고요히 흐르고, 겨울에는 대지(大地)의 차가움이 전해져 때로 얼어붙기도 하며…….

　그런 중에 내 사랑은 저 혼자 넓어지며 깊어가는구나. 대지가 차갑게 나를 대할 때 내 마음은 얼어붙는다. 그래도 그녀(대지)의 마음이 풀려 따스한 온기가 느껴지면 나는 그저 속절없이 녹아, 낮은 곳으로 한없이 흐른다. 어디든 그대 있는 곳으로 향하리라. 그대를 채우려 나는 흐른다.

　언제나 내 마음은 안으로 깊어진다. 그녀에게 다가가고 싶은 마음을 자제하면서, 내 사랑이 넘치지 않게 나를 깊게 파고 더 낮은 곳으로 임한다. 봄바람에 마음이 풀어질 때 거침없이 격랑을 일으키며 스스로 깎아내린 세월의 흔적들을, 내 흐름이 조금 진정될 무렵이면, 내 주위에 차곡차곡 쌓아서 둔덕을 만든다. 둔덕은 넘치지 않게 나를 지킨다. 대지에게 아픔을 주지 않게 넘치지 않게 나를 지키고 싶다. 그래서 마음은 내 안으로 깊어지고 내 안을 깎아 스스로 깊어지는 것이다.

깎아낸 내 마음은 강가에 둔덕을 만드는데 소중히 쓰인다. 그렇게 쌓인 둔덕에 봄에는 작은 꽃들이 피어난다. 나는 둔덕의 꽃들을 보며 마음을 더욱 추스른다. 둔덕에는 농부들이 호박과 완두콩을 심어 키운다. 완두콩 덩굴이 무성해지면 나는 더욱 내 마음을 안으로 추슬러야 할 것이다. 내 마음이 둔덕을 넘으면, 농부가 키워온 완두콩 덩굴이 내 마음의 흐름에 휩쓸릴 수도 있기 때문이다.

때로는 참을 수 없을 정도로 그녀에게 다가가고 싶다. 그렇게 참을 수 없을 때에는 조금씩 둔덕을 적시며 넘어 차분히 낮은 곳으로 향한다. 그리움이 넘칠 지경이 되면, 작은 둑 넘어 그대에게 다가가는 것이다. 자그마한 바위의 틈에 뿌리내린 그대의 갈증을 풀어주고 싶기도 하다. 내 마음은 얼마나 깊어질 것인가? 둔덕 넘어 멀리 가고 싶은 마음. 그래, 둔덕을 넘어 어느 골짜기 언덕 바위 위에 피어있는 난(蘭)에게 다가가고 싶다. 어느 곳엔가 피어 있는 난의 향이 전해지는 듯하다. 찰나의 만남이지만 내 마음 속에서 솟아나는 기쁨은 영원하리라.

강물에 전하는 마음

    당신은 항상 낮은 곳으로 향합니다. 내가 당신을 그리워하는 줄 알면서도 짐짓 모른 체 아래로 향합니다. 나는 잘 알고 있지요. 넘치지 않게 스스로를 안으로 깊게 파면서 더 낮은 곳으로 향하는 당신의 마음을…… 때론 당신의 마음속에 나를 그대로 던지고 당신에게 젖고 싶습니다.

    나는 알고 있답니다. 당신의 사랑은 스스로 깊어지고 있다는 것을…… 사랑이 깊어질수록 당신은 더 넓어지며 더 낮은 곳으로 향합니다. 당신의 상처는 안으로 깊게 패이고 상처에서는 맑은 피가 흐르지요. 상처에서 나는 신선한 피 냄새가 당신의 아픔을 내게 전한답니다. 아직은 더 깊게 패이고 더 아파하실 수 있겠네요.

때론 아주 잠시, 격랑을 일으키는 그대의 모습을 기다립니다. 그러나 이내 둔덕에서 완두콩을 키우는 농부를 생각하며 나를 추스르지요. 지금의 은은하고 조용한 마음이 좋아요. 굳이 격랑을 일으키려 하지는 마세요.

그래도 당신이 격랑을 일으키면, 우리는 어디론가 멀리 같이 흘러가겠지요? 아주 멀리 떨어진 삼각주까지 흘러가면 조용한 모래 언덕에서 잠시 쉬어갈 수도 있겠네요. 그럼 그곳에 뿌릴 내릴 수도 있고요. 그러나 지금은 그냥 작은 바위틈에서 내 한 뼘 자리 지키며 은은한 향을 그대에게 보내렵니다. 당신이 혹 내 향을 스쳐 그냥 아래로 내달리기만 해도, 난 괜찮답니다. 당신이 날 알아채지 못해도 내 향기는 어느 틈엔가 당신에게 배었기에, 당신에게선 내 향기가 나네요.

바위의 고백

바위는 욕심 없을 것 같지만 사실 나는 아주 욕심 많은 바위라오. 난(蘭)을 키우고 싶어 하는…… 그대여, 부디 내게 뿌리내려 주기를…… 그대가 뿌리내릴 수 있게 내 몸에 크게 생채기 내겠소. 갈라지고 패이는 아픔쯤은 기꺼이 감수하리다. 아니 기꺼운 마음으로 즐기며, 생채기 틈새에 흙과 자양분을 품으리다.

뜨거운 햇볕에 갈라지는 아픔, 거칠게 떨어지는 물살의 쓰라림 정도는 기꺼이 받아들일 수 있다오. 내 몸에 그대가 뿌리내릴 수 있게 깊게 상처를 내는 기쁜 과정이니까.

그대는 고결한 난. 그대의 뿌리는 내 상처 틈새로 더 깊이 파고들어 자양분을 모두 가져가시오. 그대의 줄기는 고결한 기품을 지

니며 천천히 자랄 것이니, 아주 가끔은 은은한 향기 나는 꽃도 피
우시기를.

그런데 그대 뿌리내리기에는 지금의 틈새가 너무 좁으려나? 그
럼 조금만 더 기다리시구려. 내 몸을 더 갈라 상처가 더 깊게 패이게
하리다. 그대 넉넉히 뿌리내릴 수 있을 만큼 내 상처가 깊어지면, 그
때 내 깊고 기쁜 상처위에 살포시 자리 잡고 상처 속으로 깊숙이 뿌
리내려 주기 바라오.

선수였으면

내가 선수였으면 그대에게 좀 더 세련되게 다가갔을 텐데…… 우리 사이에서 오해로 생긴 많은 다툼도 피할 수 있었을 텐데…… 우리의 사랑이 미지의 세계에서 길을 잃고 우왕좌왕한 것도 피할 수 있었을 텐데…… 차라리 내가 선수였으면 우리 관계를 좀 더 우아하고 매끄럽게 이끌어갔을 텐데…… 우리 사이에 있었던 많은 갈등도 피할 수 있었을 텐데…….

그렇지만 내가 선수였으면, 커피숍에서 머그잔을 넘어 ET처럼 손을 뻗어 내 손끝이 그대 손끝에 닿았을 때 느끼는 희열을 알 수 있었을까? 그때 내 심장박동이 빨라지는 걸 들키지 않으려고 어색하게 웃으며 느끼는 한없는 희열을 알 수 있었을까? 사랑하는 사람과 미지의 세계로 같이 들어가는 긴장과 설렘, 기대감을 알 수 있었을까? 내 거칠고 투박한 실수가 가져온 참담함, 사랑하는 사람의 용서가 주는 환희를 알 수 있었을까?

선수가 아닌 나는 서툰 내 방식대로 그대에게 다가가고 그대를 사랑할거야. 신이 내게 선수가 될 수 있는 기회를 주더라도, 나는 지금처럼 그대에게 다가갈 거야. 다소 투박하고 서툴더라도 내 방식대로 그대를 사랑하는 지금의 행복을 그리며 노래할거야. 과정이 고생스럽더라도 선수처럼 다가가고 싶지는 않아. 고생스런 과정에서도 행복하니까…….

다만 내가 그대에게 다가가는 방식의 투박함은 다듬고, 그대가 더 편하게 내게 다가올 수 있도록 하고 싶어. 얘기해 줘, 내가 다듬어야 할 것들을…… 그리고 나를 다듬는 동안, 내 투박함을 조금은 따스한 눈길로 봐주고 품어주기 바래. 더 큰 욕심을 내자면, 그대 마음의 문도 조금 더 열어주기 바래.

소나기를 기다리며

　무더운 날이 계속되면서 대지는 뜨겁게 달구어졌고, 이글거리는 태양은 아스팔트도 녹일 기세이다. 그러더니 드디어 소나기가 세차게 내린다. 대지를 삼킬 듯이 거세게 쏟아 붓는다. 우산을 준비하지 않았던 나는 소나기에 흠뻑 젖는다. 그래도 마음은 상쾌하다. 더위도 가시고 공기도 맑아지고 하니까. 머리부터 발끝까지 흠뻑 젖은들 어떠리…….

　몸은 흠뻑 젖으며 머릿속으로는 그와 나의 사랑이 소나기였으면 좋겠다는 생각을 한다. 그와의 사랑이 소나기처럼 찾아오기를 바란다. 뜨거운 날이 계속되고 대지가 큰 갈증을 느낄 때쯤에 소나기가 내리듯이…… 사랑의 갈증을 느끼지만 아직 더 목말라 해야 한다는 걸 알면서, 사랑이 언제 시작될지는 모르지만 언젠가 시작되리라고 희망하면서…….

예상하지 못한 순간에, 미처 준비하지 못한 상태로 그와의 사랑이 시작될 것이다. 우산을 준비하지 않은 날에 기습적으로 찾아오는 소나기처럼. 그와의 사랑에 대해서도 나는 우산을 준비하지 않을 것이다. 그냥 사랑에 흠뻑 젖을 것이다. 그 사랑은 시원할 것이다. 여름더위를 식혀주는 소나기 줄기처럼. 큰 기쁨이며 고통일 것이다.

그리고 그 사랑은 언젠가는 그칠 것이다. 장맛비 아닌 맑은 여름날의 소나기가 그치듯이. 그러나 강렬한 소나기에 나는 이미 완전히 젖었을 것이다. 소나기는 언제 그칠지 모른다. 그렇지만 장맛비가 아니므로 머지않아 그칠 것이다. 그래도 세차게 내리는 사랑의 빗줄기는 나를 완전히 젖게 할 것이고 또 아무 생각도 할 수 없게 할 것이다. 그와 함께 그냥 사랑의 비를 맞을 것이다.

그와 함께 강을 건너다가 소나기를 만난다면? 그때에도 우리는 그냥 소나기를 맞을 것이다. 그러나 소나기는, 우리가 느끼기에는, 끝없이 내릴 것이고 강물은 금세 불어날 것이다. 우리는 불어난 강물에 휩쓸려 떠내려가다가 어느 모래톱에 닿을 것이다.

그곳이 어디일지 우리는 아직 모른다. 그냥 소나기를 기다리며 강을 건너는 중이니까. 어디로든 떠내려가면 우리는 그곳에 뿌리내릴 것이다. 어느 먼 모래톱까지 떠내려갈지도 모른다. 그러면 다음해부터 그곳에는 조그만 패랭이꽃 무더기가 자라날 것이다.

이 책의 이야기들은 주위에서 흔히 보는 사물과 동식물을 제재로
한 사랑과 소통의 우화들이다. 어떤 이야기는 전해 내려오는 이야기
를 새롭게 해석하여 이야기의 해석이 다양하게 이루어질 수 있음을
보여주고자 했다. 같은 이야기를 읽어도 해석이 다를 수 있으므로,
남자와 여자, 혹은 다른 세대의 사람들이 같이 읽고 서로의 같음과
다름을 확인할 수 있는 기회가 되기를 바란다.

몇몇 이야기는 전해 내려오는 고사성어와 전래동화를 기초로 한
이야기이다. 어린 시절 접한 몇몇 고사성어는 필자의 마음을 불편
하게 했었다. 그중의 하나가 결초보은(結草報恩)의 고사이다. 필자가
어린 시절에 처음 고사를 접하고는 '묶인 풀에 말이 걸려 넘어져 적

에게 잡힌 장수는 만일 그 사실을 알면 얼마나 억울할까?' 하는 생각이 들었다. 그래서 묶인 풀에 걸려 넘어져 적에게 잡힌 장수도 결국은 잡혀 죽을 운명이었다는 이야기로 마음의 불편함을 조금 덜어내어 보았다.

전래동화에 나오는 어떤 동물들은 너무 고생한다는 생각이 어린 시절부터 들었다. 특히 까치들은 매년 다리도 만들어야 하고 은혜도 갚아야하기에 너무 힘들 것 같았다. 그래서 반영구적인 다리를 만들어 까치들의 수고를 조금은 덜어주고 싶었다. '까치들아, 그동안 고생 많았으니 이제는 좀 쉬도록 하렴.'

몇몇 동물들은 하는 일에 비해 그들에 대한 대접이 너무 소홀하고, 편견으로 고생하는 것 같기도 하다. 지구를 위해 헌신하는 파리가 좋은 예이다. 엄청나게 고마운 일을 하면서도 제대로 대접받지 못하는 파리에게 짧은 이야기를 통해서나마 고마움을 전하고자 파리 이야기를 몇 편 써 보았다. 짧은 기억 덕에 큰 고민이 없을 것 같은 파리에 대한 부러움도 같이 포함해서.

필자의 전공은 국제통상(國際通商)이다. 통(通)은 '통하는 것' 또는 '여는 것'을 의미한다. 즉 시원스럽게 통하는 상태이거나 그런 상태로 만들어 나아가는 과정을 뜻한다. 상(商)은 상거래를 의미하며 개인 혹은 기업 간의 교류행위이다. 통상(通商)은 물질적, 상업적 측면에서 서로 교류하며 통하는 상태와 과정이며 국제통상은 국경을 넘어 통상이 이루어지는 과정과 상태이다.

국가 간에는 대개 언어가 다르니 서로 오해하기 쉽고 거래의 위험도 크다. 그래서 서로가 같은 내용을 말하고 듣고 있다는 걸 보증하기 위해 정형화된 거래조건인 '무역거래조건의 해석에 관한 규칙'(International Commercial Terms)을 만들어서 단어의 뜻, 거래조건, 거래방식 등을 정해놓기도 한다. 그렇게 준비해서 거래를 해도 분쟁이 생기는 걸 보면 통하는 것이 얼마나 어려운 일인지 알 수 있다.

서로 통하는 기본은 공감이다. 상대방을 이해하는 것이다. 사람들 사이에서는 말과 글을 통해 서로에게 마음을 전할 수 있다. 가끔 말을 하고 글을 씀으로써 오히려 오해가 커지기도 하지만 그래도 안 하는 것보단 낫다.

그런데 통하는 상대방은 사람뿐만이 아니라 사물도 있고 동식물도 있다. 이들과 통하는 방법도 마찬가지다. 이들은 말을 할 수 없으므로 오히려 더 세심하게 살피고 관찰해야 할 것이다. 어느 학자의 이야기처럼 따스한 가슴을 가지고 분별력 있는 머리로 상대방에게 다가가고 관찰하면 바위와 풀들이 자기 얘기를 한다. 하늘의 구름도 무언가 할 얘기가 있다. 무심하거나 침묵하는 사물은 없다. 따스한 바위는 흐르는 물에게 말을 건넨다. 바위틈새에 자리 잡은 풀포기는 자기가 자리한 바위와 계곡을 흐르는 물에게 말을 건네기도 한다.

과학적인 관찰과 기록 및 객관적 태도는 동식물이나 사물과의 사랑과 소통에 도움이 된다고 생각한다. 그러한 태도로 상대방을 더 잘 이해할 수 있다. 소통, 사랑과 이해의 시작은 열린 마음으로 관찰하는 것이다. 열린 마음으로 주위의 말 못하는 사물, 동물, 식물들을 관찰해보자. 바위, 나무, 매미, 사마귀가 우리에게 하는 말을 알아들을 수도 있다. 이들과 말하고 교류할 수 있다면 사람과의 소통은 더욱 쉬워질 것이다.